NOS

Tradução
FRANCESCA CRICELLI

Minha casa é onde estou

Igiaba Scego

*À Somália,
onde quer que
ela
esteja*

*Encontrei minha morada num território de fronteiras incertas
com as quais normalmente defino o país
da minha imaginação*
NURUDDIN FARAH, *REFUGIADOS*

I

O desenho, ou seja,
a terra que não existe

Sheeko sheeko sheeko xarir..
História história oh história de seda...

Assim começam todas as fábulas somalis. Todas as que minha mãe me contava quando eu era criança. Fábulas que, principalmente quando torcidas, jorravam sangue. Fábulas *tarantinadas*[1] de um mundo nômade que não se preocupava com as rendas e crinolinas. Fábulas mais duras do que um baú de cedro. Hienas com baba gosmenta, crianças evisceradas e recompostas, astúcias de sobrevivência. Nas fábulas da mamãe não havia princesas, palácios, bailes nem sapatilhas. Suas histórias refletiam o mundo em que ela nasceu, os matagais da Somália oriental onde homens e mulheres moviam-se continuamente à procura de poços d'água. "Levávamos a casa nas costas", dizia-me sempre. E, se não era realmente nas costas, era quase. O melhor amigo do homem, o nobre dromedário, muitas vezes levava-a por eles.

[1] *Tarantinato* é um adjetivo italiano forjado pela autora para descrever fábulas nas quais prepondera o elemento irracional. O adjetivo deriva do substantivo *tarantismo*, fenômeno difuso na região italiana da Puglia desde a Idade Média que se refere a um tipo de mal-estar que se manifestava especialmente nas mulheres. Segundo a tradição popular, quem era picado por uma tarântula caía num profundo estado de crise psicofísica da qual só conseguia sair mediante o abandono do corpo à dança e à repetição de movimentos histéricos e convulsos com a finalidade de expelir o veneno. [N.T. a partir da N.A.]

Era uma vida dura a que mamãe Kadija levou até os seus nove anos. Ainda jovem, já era uma boa pastora. Ordenhava cabras e vacas, cuidava dos camelinhos, cozinhava o arroz com carne e nunca reclamava dos calos nos pés que lhe surgiam a cada migração que fazia com sua enorme família. As histórias eram a melhor forma de não pensar nas dificuldades da vida real. Os *jins*[2] perigosos e endiabrados, as bestas ferozes e sedentas de sangue, os heróis com qualidades magníficas serviam para esquecer que a vida não era uma dádiva e que devia ser preservada todos os dias com grande força de vontade. "Porque a força de vontade é a única coisa que realmente nos torna livres," dizia o vovô, o senhor Jama Hussein, o pai da minha mãe a quem nunca conheci.

A vida da família um longo ato de vontade.

Quando mamãe me contava suas histórias, eu, nascida e criada em Roma, tremia mais do que uma vara verde. Mas não fugia, porque eu sempre queria chegar ao final. Ver o mal punido e o bem entronizado. Um mundo maniqueísta que me tranquilizava. Um mundo cruel, mas claro. Além disso, como toda criança que se preza, eu também era um pouco sádica.

Não, não pensem mal de mim. Sou uma mulher doce e sensível, sou de mel e gengibre, sou canela e cardamomo. Sou açúcar de cana. Sei que as palavras que acabo de dizer me pintam como uma *dhigmiirad*, uma devoradora de sangue humano. Mas é que nas fábulas escolhemos um sistema de vida e de morte. Juntamo-nos ao mundo ancestral dos nossos antepassados.

Quando li numa antologia escolar a fábula da Branca de Neve, entendi que a Europa e a África têm

---

2 Entidades sobrenaturais inferiores aos anjos, mas principalmente malignas, típicas da cultura pré-islâmica e islâmica. [N.A.]

muita coisa em comum. Na versão original dos irmãos Grimm, o final é bem diferente do que todos nós conhecemos. A pérfida madrasta é convidada para o casamento. Mas é nessa própria ocasião que a rainha má paga por todas as suas maldades. "Nas brasas já estavam prontas duas pantufas de ferro: quando estavam incandescentes levaram-nas até ela, foi então obrigada a calçar os sapatos ferventes e a dançar com eles até queimarem-se miseravelmente seus pés e cair no chão, morta." Justiça feita! Grimilda queimada! Queimada!

Grimilda é como a implacável devoradora de homens Aarawelo, e Wil Wal[3] parece saído do mundo de Andersen. Nossas fábulas são mais próximas do que se possa imaginar. E talvez também nós o sejamos. Roma e Mogadíscio, minhas duas cidades, são como gêmeas siamesas separadas no nascimento. Uma inclui a outra e vice-versa. Pelo menos é assim no universo dos meus sentidos.

Entendi isso numa tarde, há quatro anos, numa cozinha bagunçada da Barack Street em Manchester. O Barack que dava nome à rua nada tem a ver com o Obama. Há quatro anos, Obama ainda não era ninguém, era só um mero senador que sonhava o impos-

---

3 Aarawelo e Wil Wal são personagens das fábulas somalis. Aarawelo era uma rainha muito temida e queria preservar as mulheres da maldade dos homens. A lenda narra que teria criado um reino só de mulheres, no qual os homens estavam ausentes ou, se lá vivessem, eram castrados para não perturbar a paz daquele mundo feminino. Porém, a rainha foi assassinada por um parente homem, Wil Wal ("garoto louco"), que ela mesma havia poupado de ser castrado. Seu corpo foi queimado e as cinzas espalhadas por todo o reino somali no qual, até hoje, há túmulos de pedra conhecidos como "tumbas de Aarawelo". Conta-se também que, após a sua morte, como vingança, os homens teriam instituído a prática da infibulação, a mutilação genital feminina. [N. A.]

sível.[4] O Barack da rua fazia-me pensar em outras coisas, há quatro anos, principalmente no étimo da palavra árabe "benzer" *Ba Ra Kaf*, três letras da sorte que formavam a bendita palavra. Eu intuía que naquela cozinha bagunçada da Barack Street, ou seja, a rua da bênção, algo havia acontecido. De fato, aconteceu. Ao descrevê-lo agora, parece algo corriqueiro e no fundo banal. Mas olhando *a posteriori*, foi o começo de um percurso coletivo na história familiar que não tem igual.

Nura, minha cunhada, tinha preparado um frango suntuoso. Foi assim que tudo começou. Um animal comum, grasnante e com penas, e além do mais morto, recheado de guloseimas e espalmado com unguentos. Eu odeio frango. Como-o apenas por hábito, mas sempre me pareceu um prato supervalorizado. Não tem gosto de nada, lembra-me um corredor de hospital ou a fila de refeitório de empresa, repleta de frustrações. É nutrição, não é prazer. Assim, quando Nura, com seu jeito hilário, anunciou *Maanta dooro macaan*, hoje um bom frango, eu me disse. "Pronto, hoje não se come". Mas ao contrário, eu estava errada. Não sei bem que prodígio Nura fizera com aquele frango, mas o fato é que não só estava muito bom, estava divino. Desfazia-se na boca e cada um de nós comensais teve, por um átimo, a visão paradisíaca do seu próprio jardim de Éden. Por um momento, a terra desapareceu debaixo dos nossos pés. E foi depois desse frango que as histórias se encontraram e se abraçaram. De barriga cheia, nos abandonamos às lembranças da nossa antiga terra, já distante, já desaparecida. A partir disso,

---

4 *Minha casa é onde estou* foi lançado na Itália em 2010, portanto, a autora se refere a Barack Obama antes de 2006, ou seja, quando ele ainda era somente senador nos EUA. [N.T.]

um sentimento difícil de explicar ocupou nossas almas. Não era melancolia, não era tristeza, não era choro, não era alegria. Era algo na fronteira de todos esses impulsos. Chico Buarque, o poeta e cantor brasileiro, teria certamente definido o sentimento como *saudade*. Que linda palavra! Uma palavra intraduzível noutras línguas, mas tão clara, como somente o nosso nome numa noite de lua cheia consegue ser. Um tipo de melancolia que se sente quando se está ou se foi muito feliz, mas na alegria se insinua um leve sabor amargo. E é nessa saudade de exilados da nossa própria terra mãe que acontece um dos começos dessa história. Digo um dos começos, pois ela não se inicia nunca uma só vez na vida. Nunca num só lugar.

> *Sheeko sheeko sheeko xariir...*
> História história, oh história de seda...

> *Waxaa la yiri, waxaa isla socday laba nin, wiil yar igo naag Dhallingaro ah, kooxdii waxay bilaaben in ay sawiraan khariidada magaladooda.*
> Dizem que estavam juntos, dois homens, um garoto e uma mulher jovem. O grupo começou a desenhar sua própria cidade.

Aquele grupo era formado por mim, meu irmão Abdulcadir, seu filhinho Mohamed Deq e o primo O. Estávamos todos reunidos ao redor de uma mesa de madeira. Diante de nós, uma xícara fumegante de chá com especiarias. Ao nosso redor, os fios das nossas viagens e dos nossos novos pertencimentos. Fazíamos parte da mesma família, mas nenhum de nós tinha feito um percurso comum ao outro. No bolso, cada um de nós, tinha uma cidadania ocidental diferente. Porém, no coração, trazíamos a dor da mesma perda. Chorávamos a Somália perdida na guerra que tentávamos entender com dificuldade. Uma guerra iniciada em 1991 da qual ninguém entrevia o fim. Éramos um pouco como aquelas antigas piadas. Um inglês, um italiano e um finlandês entram num bar...

Meu irmão é inglês. Abdul, depois de ter dado a volta ao mundo, fixou-se no Reino Unido, onde se casou e onde nasceu seu filho. É cidadão de Sua Majestade e há alguns anos é simpatizante dos trabalhistas. A única coisa que não suporta da sua amada Albion[5] é o cheiro de fritura que emana dos restaurante *fast food*. Todas as vezes que vai até Piccadilly com o ônibus da linha 36, tapa o nariz com os dedos o mais forte que consegue. Mas o fedor de fritura chega até ele mesmo assim, deixando-o aturdido. Para pagar os boletos faz, como todos os somalis, mil trabalhos. O seu preferido é dirigir táxi. Preferido porque ama o desconhecido, ou seja, carregar pela cidade gente que não conhece sem saber de antemão: no fundo, há dentro dele uma alma nômade. Dirigir deixa-o manso feito um cordeirinho. Além disso, é um *business* nada mal, ele diz. Todo final de semana, os ingleses brancos e anglicanos (ou ateus) embebedam-se, mas depois pegam um táxi nos quais tantos Abdul abstêmios muçulmanos sunitas cumprem seu dever com grande perícia.

O primo O., pelo contrário, tem uma história incrível. Ele tem cidadania finlandesa. Assim como sua esposa e seus sete filhos. Chegou ao Reino Unido quase por acaso. Talvez só por desespero. Seu passaporte tem uma cor áspera, e quem pousa o ouvido sobre aquele

---

5 *Albion*, antigo nome do Reino Unido, atestado no século VI a.C. e ainda presente no uso literário. [N. A.]

papel rígido consegue ouvir o sibilar do vento do Norte. O primo O. nunca engoliu Helsinki nem sua cidadania finlandesa. Do seu país de adoção, não gostava nem do gelo nem da língua. A esposa e os filhos, assim que chegaram, aprenderam rapidamente aquela língua cheia de sons guturais, mas ele sentia um prurido. A Finlândia era uma terra de oportunidades, o primo O. tinha noção disso, mas mesmo assim seguia não gostando nada daquele país. Por vários meses, para o primo O., a Finlândia continuou sendo apenas a terra dos *skinheads*. Nas ruas do subúrbios de Helsinki, onde vivia, sentia sobre si olhos ferozes e maldosos: uma sensação que tinha experimentado somente em Mogadíscio em 1991 na véspera da eclosão da guerra civil.

O primeiro indício de que algo não ia bem foi quando viu um par de botas pretas cravejadas expostas na vitrine de um sapateiro do bairro em que vivia. Depois, notou uma suástica no muro. Uma hora mais tarde já não havia uma suástica. A prefeitura, diligente e equipada, já havia se mexido para apagar todos os vestígios daquela infâmia. As suásticas surgiam e desapareciam na velocidade da luz. Mal dava tempo de vê-las e alguém já intervinha prontamente para apagá-las. Apareciam não somente nos muros, mas também nas pessoas, nas roupas, nos braços, no peito, nas mochilas escolares, raspadas no crânio ou nos cabelos curtíssimos. Uma noite, alguém ligou para a casa do primo O.: era a esposa de um antigo amigo. O primo O. não entendeu muito bem aquela ligação tão agitada, só entendeu que alguém havia ferido o seu amigo. Quando chegou ao hospital, entendeu tudo. Um grupo de *skinheads* decidira usar o amigo como saco de pancadas e bateram nele até desmaiar. Prognóstico de internação, dois meses. A pior coisa foi uma suástica na testa, não raspada, mas cravada num local em que não tinha cabelos. Nenhuma prefeitura, por mais diligente que fosse, conseguiria apagar aquela perfídia, pensou o primo O. Porém, no fim das contas, o amigo teve sorte. A esposa poderia estar chorando um cadáver, àquela altura, e não um ferido.

No peito do primo O., aquela noite, firmou-se uma decisão.

Decidiu que iria se mudar para o vizinho Reino Unido.

Lá havia vários familiares seus, o que seria ideal para recomeçar (pela terceira vez) a sua vida. Seu coração sobrevivera a uma guerra e ele não tinha a menor intenção de enfrentar outra em solo europeu.

Eu, ao contrário, era a italiana da piada. Os somalis do Reino Unido não entendiam essa minha obstinação em permanecer na terra dos nossos ex-colonizadores. "Mas o que é que você está fazendo lá?" perguntavam-me todos. Alguns acrescentavam com maldade: "Você nem tem um marido". A Itália era vista pelos somalis do Reino Unido como a pior escolha possível. Um país em que um refugiado somali não tinha nenhuma ajuda do governo, nada de casa, nenhum subsídio, nenhum sistema de mútuo socorro. Um país em que o racismo serpenteia torpemente onde menos se espera. E onde invariavelmente a gente acaba casando com um branco. Isso, para muitos somalis, era uma vergonha absoluta. "Mas não quer alguém bonito, alto, do seu povo? O que quer fazer, ser madame, como aquelas pobres mulheres durante o colonialismo? As amantes dos italianos que, invariavelmente, ao final da missão, eram abandonadas com a prole e os problemas? Você quer ter o mesmo fim?"

Claro que não! Mas era difícil explicar os meus motivos. A Itália era o meu país. Cheia de defeitos, claro, mas meu país. Sentia-a profundamente minha. Como também é a Somália, que abunda em defeitos. Dizer "eu amo a Itália" não teria funcionado. Não teria sido uma boa defesa. Explicar que eu trabalho com a língua italiana e que isso também é uma tarefa titânica. E era melhor não revelar minha complicadíssima vida sentimental. Portanto, eu aprendera a falar sobre a Itália somente com quem era capaz de entendê-la. De resto, eu me limitava a resmungar em vez de responder. Mas quanto a algo eles tinham razão para dar e vender: a Itália se esquecera do seu passado colonial. Esquecera de haver criado um inferno aos somalis, aos eritreus, aos líbios e aos etíopes. Apagara com facilidade aquela história simplesmente passando um pano por cima.

Isso não significa que os italianos tenham sido piores que outros povos colonizadores. Mas eram como os outros. Os italianos estupraram, mataram, zombaram, poluíram, depredaram, humilharam os povos com os quais estiveram em contato. Agiram como os ingleses, os franceses, os belgas, os alemães, os norte-americanos, os espanhóis, os portugueses. Mas em muitos desses países houve, após a segunda guerra mundial, uma discussão, houve brigas, as trocas de pontos de vista foram ásperas e impetuosas; questionou-se o imperialismo e seus crimes; estudos foram publicados; o debate influenciou a produção literária, ensaística, cinematográfica e musical. Na Itália, ao contrário, houve silêncio. Como se nada tivesse acontecido.

Isso. Lá estávamos os três com o frango da Nura em nossas barrigas e tínhamos nossas três cidadanias no bolso, todas diferentes. A digestão em andamento.

Meu sobrinho fazia aviõezinhos de papel ao nosso lado. Talvez fosse um momento de pura felicidade. Não sei qual de nós se levantou e rompeu a magia. Com certeza fui eu: não sei ficar parada muito tempo. Tive vontade de comer algum doce. Peguei uma caixa de bolachas, abri e a coloquei no centro da mesa. O primo O. e Abdul começaram a pegar aos punhados, eu peguei só uma. O garotinho não deu nem uma olhadinha para a caixa. Estava muito entretido com os seus aviõezinhos de papel.

Tudo começou com uma pergunta minha. Eu era a única com a boca vazia, sem biscoitos para saborear e sem aviõezinhos para me ocupar. Ainda hoje não sei por que fiz aquela pergunta. Não sei se foi ditada pela simples curiosidade ou se eu me tornara o motor inconsciente de um destino. A pergunta não era para ninguém em particular, talvez eu só estivesse me questionando em voz alta.

"Como se chama o cemitério onde a vovó Auralla está enterrada?"

Os dois homens e o garotinho me olharam confusos. Um olhar torto, um pouco perplexo, parado no meio.

"E então", insisti, "onde está enterrada?"

O primo O. foi o primeiro a procurar uma resposta:

"No cemitério Sheik Sufi, aquele dos túmulos azuis... lembro-me... lembro-me... é lá que ela está enterrada. Com certeza".

"Mas o que você está dizendo?" meu irmão Abdul quase gritou. "Dada está enterrada com o vovô, no cemitério geral Daud."

"Não é verdade, mentiroso!" aqueceu a voz o primo O. "Eu sou mais velho do que você e lembro-me melhor de Mogadíscio. Vovó está enterrada em Sheik Sufi."

"Mentira! Você não lembra nada de Mogadíscio... estava sempre trancado com os seus livros e a sua sabedoria. Não via o mundo. Eu sim, andei muito por Mogadíscio. Eu era maroto. Não por acaso todos me chamavam de bárbaro. Eu faltava à escola. Aquelas ruas eram a minha sala de aula. Aquela cidade entrou-me no sangue. Lembro-me dela melhor do que você. Poderia até desenhá-la. É isso, eu poderia até fazer um desenho de Mogadíscio para você, primo, agorinha mesmo."

"Que boa ideia, papai", disse o garotinho, tirando-nos dos eixos.

"Vamos desenhar?"

Os dois homens olharam para Mohamed Deq como se ele estivesse louco. Depois, lembraram que ele era apenas um garotinho, e bem excêntrico, entre outras coisas.

"Não, Deq...", disse o pai.

"Não, Deq...", disse o tio.

"Sim, Deq...", eu disse.

Meu irmão Abdul me deu aquela olhada incerta. Talvez sentisse pena por me ver em minoria. Decidiu seguir a mim e seu filhinho naquela estranha loucura do desenho.

"Você tem razão, meu amor, vamos desenhá-la agora."

Naquele momento, eu queria dar um beijo em meu irmão mais velho.

"No meu escritório há de tudo", murmurou baixinho meu irmão, um pouco acanhado. Amar o desenho é quase uma mácula. Poderia ter se igualado a Picasso em competência, se tivesse desejado, se tivesse estudado. Mas depois, nos anos, quase todos tinham dito a ele que desenhar era coisa de criança, uma coisa estúpida. E ele acreditou. "Você é um homem grande e crescido, precisa encontrar um trabalho", diziam. E ele o encontrou. Já tinha feito mil tipos de trabalho. Taxista em Londres, atendente do Seven Eleven em Bristol, vendedor de sapatos nas banquinhas dos mercados de bairro, até acabar em Manchester como mediador cultural[6] numa repartição precária da prefeitura, dirigindo o táxi no final de semana. "É um bom trabalho, sabe, irmã?" Porém, ainda hoje, ao voltar para casa, sempre desenha à noite. Desenha suas lembranças de quando era criança. Os pombos de estimação, os camelos fazendo amor, os babuínos bobos que brincam com o ar, a areia do mar de Jazeera,[7] as lagostas que levávamos de coleira para casa. Desenha o seu filho Mohamed, a sua mulher Nura, desenha a si mesmo, a nossa mãe, o nosso pai e me desenha com meu pescoço longo. E elas também, as gêmeas Mogadíscio e Roma.

Enquanto isso, Mohamed havia encontrado os lápis de cor. Tirei da mesa tudo o que não vinha ao caso. Abri bem o papel e perguntei: "Então... por onde começamos?"

O primo O. tinha um olhar diferente. Parecia mais jovem. Foi ele quem deu a partida: "É claro que devemos começar por Maka al Mukarama".

"Sim", disse Abdul, "Maka al Mukarama." Ele também tinha um olhar diferente.

Meu irmão começou a traçar uma linha azul no papel imaculado. A rua, a coluna, Maka al Mukarama.

---

6 Mediador cultural é a pessoa que tem o trabalho de facilitar as relações entre os moradores de um determinado país com os cidadãos estrangeiros, com a intenção de promover um conhecimento recíproco e compreensão mútua. [N. A.]

7 Praia próxima a Mogadíscio. [N. A.]

Desenhávamos Maka al Mukarama porque as nossas lembranças estavam esmaecendo. Nossa cidade havia morrido após a guerra civil; os monumentos destruídos, as ruas diaceradas, as consciências encardidas. Precisávamos daquele desenho, daquela cidade de papel para sobreviver.

Maka al Mukarama era um evento. Era a artéria pulsante de Mogadíscio, sua coluna vertebral. Era uma rua comprida que atravessava a cidade de um lado ao outro. Os passos dos mogadiscianos, querendo ou não, sempre terminavam em Maka al Mukarama. O nome era árabe, naturalmente, como o nome de tantas coisas na Somália: Maka, Meca; Mukarama, a favorita. É assim que os islâmicos chamavam a cidade mais sagrada de todas. Meca, a favorita de Deus, como Medina, que acolheu o profeta Mohamed (que Deus o tenha em sua glória) era a iluminada de Deus. Antes de se chamar Maka al Mukarama, a rua tinha um nome italiano, um nome dado pelos fascistas e do qual ninguém gostava; agora é até difícil recordá-lo. Talvez avenida Fulano? Na época dos fascistas tudo era avenida Mogadíscio.
A cidade era disposta ao redor dessa artéria pulsante.
Os bairros tinham um sentido (ou não o tinham) segundo a sua distância dessa nascente de vida.
Maka al Mukarama ainda existe. Há uma Maka al Mukarama até na Somália da guerra civil, mas agora é um fantasma. Não parece a rua do passado. Não pulsa mais. Não é animada pelo alarde das buzinas, pela algazarra dos dromedários, dos gritinhos das jovens mulheres apaixonadas. Agora, os únicos sons são surdos e estrondosos: ordens e balas; silêncio e

morte. Nem os muezins[8] chamam os fiéis para a reza como no passado. Seu chamado assola quem o ouve. Parece hesitante, sem convicção. As *ajuzas*, velhas comadres, que sempre sabem de tudo, dizem que é "Iblis[9] em pessoa que murmura as palavras erradas aos ouvidos atentos do muezim". Acho que elas têm razão, a guerra é um Iblis, um Satanás que murmura sempre a palavra errada para aos homens. Allah, clemente e misericordioso, revela no Alcorão que Satanás, Iblis, *waswasa*, sussurra ao coração dos homens e os enlouquece, os cega, torna-os inúteis. A voz do muezim perde-se num borbulhar desconexo. E os mogadiscianos, até mesmo os da diáspora, como eu, convertem-se em pobres seres desconexos.

Para não esquecer Maka al Mukarama, naquela noite, eu, meu primo O. e meu irmão mais velho Abdul (um irmão que parece um desenho animado pela forma como ri e como sabe ser bom com todos), tentamos desenhá-la. Traçamos uma longa linha azul. Depois, o primo O. começou a enumerar nomes a granel. Nomes, nomes, e mais nomes. Apontava os espaços em branco no papel de desenhar e amalgamava-os com suas lembranças, como os ovos na massa.

"A estátua de Xaawo taako, o teatro, ahhhhhhh, olha o ex-parlamento, lá, estão vendo... sim ali, ali está o meu cinema preferido, o cinema Xamar... nunca mais vi uma sala de cinema assim. Durante o colonialismo, os italianos não permitiam a entrada de somalis. Ah, eles implicavam conosco pois nos recusávamos

---

8   Na liturgia islâmica, é o muezim quem deve pronunciar, do alto de um minarete, a fórmula para chamar os fiéis às cinco preces estabelecidas pelo Alcorão em cinco horários diferentes durante o dia. [N. A.]

9   Nome pelo qual o diabo é conhecido no islamismo. [N. A.]

a fazer a saudação fascista. Nisso, fomos os únicos da África oriental. Pessoas inúteis, os fascistas. Mas aquele cinema era bonito, dois andares, poltronas vermelho-sangue, veludo. Era todo macio, como o corpo de uma mulher. Depois, quando os italianos foram embora, meu pai, que viveu sob o fascismo, ia sempre ao cinema com seus amigos. Eu também tinha amigos na Somália antes dessa guerra infame que está devorando nossas recordações. Os meus amigos, oh! os meus amigos: Osman, Nur, Abdi, lembro-me de todos eles. Nós também íamos ao cinema Xamar. Mas já éramos independentes, estávamos livres do colonialismo. No cinema Xamar, não havia mais o *apartheid*. Havia filmes norte-americanos dublados em italiano, caubóis contra índios, tantas histórias de amor. Ava Gardner, Marilyn Monroe, belas mulheres, tantos sonhos. O cinema Xamar, era lá mesmo."

Estava entusiasmado, o primo O. "Marque-o em nosso mapa", eu disse peremptoriamente, "pega um lápis vermelho-fogo e marque-o."

Foi estranho, para mim, ouvir o primo O. falar tanto daquela maneira. Ele nunca fala, normalmente limita-se a concordar e muitas vezes nem isso.

É um viajante como todos nós. Os seus pés têm tantas histórias para contar. Mas na cabeça, sempre teve Mogadíscio.

Uma cidade morta...

Tantas cidades morrem. Da mesma forma que a gente. Morrem como qualquer organismo. Morrem como os gnus, as zebras, os bichos-preguiça, as ovelhas e os seres humanos. Mas ninguém nunca faz um funeral para uma cidade. Ninguém fez o funeral de Cartagena. Ninguém o fez para Nova Orleães. Ninguém o fez para Cabul, Bagdá ou Porto Príncipe. E ninguém nunca pensou em fazê-lo para Mogadíscio. Ela morreu. E algo diferente surgiu dos escombros. Nem tivemos tempo de elaborar o luto.

Quando uma cidade morre, não lhe dão nem o tempo para pensar. Mas a dor é um cadáver, decompõe-se dentro de si e lhe infesta de fantasmas.

Meu irmão continuava colorindo, colorindo, colorindo. Eu sentia um nó no estômago. Não era o frango da Nura, era a saudade de Chico Buarque.

Depois, meu irmão se deteve, ficou parado num ponto preciso do papel. "O que você está olhando?" perguntei, com uma estranha reverência.

"É a Guglielmo Marconi", o primo se adiantou.

"Sim, primo, como é que você adivinhou?"

O primo O. sorriu. Perguntei-me se essa risada inesperada teria lhe paralisado o rosto. Por um átimo preocupei-me com a sua felicidade. Depois, entendi que era a felicidade do exilado, que não provoca qualquer paralisia facial.

"A Guglielmo Marconi era a minha escola primária, depois com a chegada da ditadura de Siad Barre[10] mudaram-lhe o nome para Yaasin Cusman. Isso me fez lembrar da minha professora. Era uma freira italiana, sabe? Chamava-se Maria, como todas as freiras, e adorava Pascoli."[11]

---

10   Siad Barre (1919-1995), comandante do exército a partir de 1965, foi presidente e ditador da Somália, após dar um golpe de Estado em 1969, mantendo-se no poder até 1991. [N.A.]
11   Giovanni Pascoli (1855-1912) foi um poeta italiano e um estudioso da literatura clássica. Teve uma infância trágica. Formou-se na Universidade de Bolonha em 1882 e foi um dos principais expoentes do decadentismo na poesia italiana. [N.T.]

Eu também tinha lido Pascoli na escola. Tínhamos crescido em dois países diferentes, eles em Mogadíscio, eu numa periferia de Roma, e tínhamos lido Pascoli. Os mesmos poemas tristes. Feiuras da história. Talvez tanto eu como ele devíamos ter lido outras coisas: a nossa história africana, por exemplo. Mas, pelo contrário, os africanos sempre tiveram que estudar a história dos outros. E assim nos convencíamos de que éramos descendentes dos romanos ou dos gauleses e não dos iorubás e dos antigos egípcios. A escola colonial semeava dúvidas e dilacerações na gente.

A Guglielmo Marconi... lindo engano!

Depois voltamos a nós. Voltamos ao desenho.

"Precisamos de um método, meninos", comecei a tagarelar como um velho general aposentado, "precisamos dar a cada coisa uma cor. E depois fazer listas."

Concordaram, dóceis. É sempre uma boa ideia, acho, colocar ordem no caos.

Ficamos nessa durante uma hora e ninguém demonstrou qualquer sinal de cansaço. Fizemos uma lista das escolas, outra dos cinemas, uma dos hospitais, outra dos cemitérios, uma dos monumentos, outra das embaixadas, uma dos cárceres, outra dos aeroportos, uma lista de cada coisa. Catalogamos a cidade. E para cada coisa atribuímos uma cor. Depois repartimos as listas. Cada um ficou com a tarefa de marcar no mapa os nomes de sua lista.

Deq nos observava estupefato. Adultos debruçados sobre papéis como ele e seus coleguinhas da escola. Mohamed Deq nos ajudou a colorir aquela insólita cidade de papel.

Era tudo tão estranho, mas também tão familiar. Muitos nomes italianos dos monumentos somalis me faziam rir, eram tão antiquados.

Eu fiquei com os restaurantes e os hospitais. Mal me lembrava dos restaurantes, mas forçava a minha memória para não ter que pedir informações a Abdul a cada dois segundos, nem ao primo ou mesmo à Nura e à mamãe que estavam noutro cômodo. Claro, eu tinha mais conhecimento sobre Roma. Garbatella, Testaccio, Trastevere, Esquilino, Primavalle, Torpignattara, il Quadraro[12] eram regiões bem mais familiares para mim. Mas naquele mapa havia uma parte das minhas raízes. Eu tinha que me esforçar para relembrar aquelas ruas, vistas com os olhos de criança. Eu tinha que me esforçar por aquele filho que eu sonhava ter um dia. Fazia listas. Sentia-me inundada por sensações estranhas. Lembrava-me repentinamente do vento leve de Mogadíscio. Eu gostava da rua Roma com suas lojinhas, gostava da feira de animais em Wardhigleey e gostava daquela espécie de círculo dantesco que era Buur-Karoole em Xamar Ja-jab, local em que era fácil topar com os vapores tóxicos do álcool etílico. Em Buur-Karoole vivia minha tia Faduma, que já não está viva. Era obstetra, e muito respeitada. Foi ela quem me contou que o *buur*, o monte, chamava-se Karoole devido ao nome de um italiano. A Itália estava por todos os cantos nas ruas, nos rostos dos mestiços renegados. E a Itália não sabia nada daquilo, não sabia das nossas ruas com os seus nomes, dos nossos mestiços com o seu sangue. Na

---

[12] Todos bairros de Roma com uma identidade bastante popular. Garbatella, famosa pelas casas baixas, foi construído entre os anos 1920 e 1930. Testaccio é conhecido pelo seu grande mercado, enquanto Trastevere é um dos bairros mais antigos e conhecidos de Roma. Esquilino e Torpignattara são bairros multiculturais e multiétnicos, enquanto Primavalle e Quadraro são bairros periféricos em que o autêntico dialeto de Roma ainda vive. [N. A.]

Itália, algumas ruas têm os nomes da África. Em Roma, há até o bairro africano. Na rua Líbia, te dirá algum romano, há belas lojas de roupas, pode-se fazer um bom negócio. E depois? Depois nada. Vão para rua Líbia para comprar um moletom. Vivem na rua Migiurtinia ou beijam-se na rua Somália. Mas ignoram a história colonial. Não é culpa deles: não se aprendem essas coisas na escola. Fomos bons, dizem, construímos pontes e fontes. O resto ignora-se, porque não é ensinado.

As minhas listas: os restaurantes e os hospitais.

Nunca havia ido aos restaurantes, mas quando era pequena sonhava com esses lugares de gala.

Havia o La Pergola, próximo à embaixada norte-americana, o Cappuccetto Nero, no qual os italianos sempre se encontravam, mesmo após ter perdido as colônias, o bar Fiat, a *Croce del Sud*, o Caffè Nazionale, a Lucciola, o Hotel Juba e o Azan próximos à *Casa d'Italia*. Havia ido várias vezes aos hospitais, pois, mais cedo ou mais tarde, alguém sempre acaba no hospital. Havia o Rava, o velho hospital dos italianos ricos, o Forlanini, onde tratavam a tuberculose, o hospital Banaadir, só para mulheres, cujas funcionárias eram freiras italianas, construído pelos chineses, o Digfeer, onde me operaram o pé. Sim, eu realmente conhecia melhor os hospitais que os restaurantes.

Depois de duas horas desenhando, estávamos exaustos.

Deq não. Seus olhos pareciam dizer: "Pintem, pintem mais". Tantas cores, tanto desenho.

"Esse mapa é belíssimo", pensei.

Estava orgulhosa. Mas não o demonstrava.

"Essa cidade existe, mamãe?" Deq perguntou a Nura.

O que dizer?

Eu queria abraçar o meu sobrinho e explicar-lhe que aquela cidade já não existia há dezenove anos. Nem aquelas escolas, nem as casas, nem os bairros, mais nada.

A guerra destruiu tudo. Só escombros. Agora lá há coisas diferentes. Não essas que estão no mapa. Aquelas coisas só estão nas lembranças, nas fotos antigas, nas histórias contadas, em preto e branco, nas páginas da Internet. Já não há mais nada. Mas ninguém tem a coragem de dizê-lo. Você é um garotinho. É lindo. Nenhuma das pessoas presentes nessa sala sabe como dizer algo tão terrível a um garotinho tão lindo.

"Essa cidade existe?"

Minha mãe, chegando do cômodo ao lado, olhou-me. Depois olhou o sobrinho. Olhou meu irmão, a mulher dele. Depois, sorriu como só ela sabe fazer. Com seus dentes branquíssimos.

"Existe", disse mamãe, simplesmente. "Chama-se Mogadíscio."

Sorri.

"É a sua cidade, tia Igiaba?"

Eu não sabia o que responder. A pergunta era repentina. Inesperada. Um contra-ataque. Eu não conseguia voltar para meu meio-campo. Embaraço.

Minha mãe balançou a cabeça.

Refletia.

"Não basta" disse quase resmungando.

"O quê?"

"Isso", respondeu, indicando um ponto entre ela e o horizonte.

"Isso o quê?" perguntei então, um pouco irritada.

"*Maabka*, o mapa", suas palavras misturavam-se, língua materna e italiano. "Não basta para tornar sua aquela cidade."

"Não? De verdade?" Eu não sabia se estava fazendo uma pergunta ou uma afirmação.

"Claro que não. Aquela no mapa não é a sua cidade. Não pode mentir para a criança."

"Não quero mentir para a criança. Não poderia nunca. Mas..."

"Mas...?"

"..."

"Digamos que é minha de certa forma. Mas também não é. Entende, filha?", ela disse, e depois acariciou-me docemente a cabeça.

Ainda hoje não sei se entendi direito aquelas palavras. Meu rosto se transformou num ponto de interrogação suspenso no vazio.

É a minha cidade?

Ou não é?

Eu estava numa encruzilhada.

Mamãe também disse outras palavras. Não captei todas. Havia ficado distraída. Mas a última frase era um soco na cara. Um nocaute do qual não sei se conseguiria me levantar novamente. Aliás, naquele momento, eu não queria levantar. Mamãe, com a doçura de sempre, havia me provocado. Me aplicara um golpe duro, e sabia bem. Mas sua intenção não era me destruir ou me humilhar. Tinha me acossado porque não sabia fazer de outro jeito. Queria que eu acordasse, que começasse realmente a viver.

"Você precisa terminar o mapa. Falta você lá dentro." Eu não consegui reagir.

Nascia em mim uma baita vontade de desistir. Queria tanto continuar naquele nocaute. Não levantar. Tergiversar. Era melhor ficar estendida, acabada, derrotada.

Vegetar.

Melhor?

Algo, no fundo da minha consciência, gritou.

"Minha filha, você precisa terminar o mapa", minha mãe repetiu.

"Por onde começar?" Era o que eu queria ter perguntado e não o fiz. Sabia que teria que encontrar aquela resposta sozinha. Congelei.

Por que aquilo me acontecia?

Sou o quê? Quem sou?

Sou negra e italiana.

Sou também somali e negra.

Então sou afro-italiana? Ítalo-africana? Segunda geração? Geração incerta? *Meel kale*?[13] Um estorvo? Negra sarracena?[14] Negra suja?

Não é politicamente correto chamá-la dessa forma, sussurra alguém da sala de roteiro. Então, como você me chamaria?

Ok, entendi, você diria de cor. Politicamente correto, diz. Para mim, é humanamente insignificante. Qual é a cor da sua graça? Preto? Ou mais pra marronzinho? Canela ou chocolate? Café? Cevada[15] em xícara pequena?

Sou uma encruzilhada, eu acho. Uma ponte, uma equilibrista, alguém que está sempre no limiar e

---

[13] Um outro lugar [N.T. a partir da N.A.]

[14] Sarraceno é um termo genérico que se refere aos árabes nômades e aos muçulmanos, principalmente os que se estabeleceram na costa do Mediterrâneo centro-oriental, na Espanha e na Sicília durante a Idade Média cristã. [N.A.]

[15] Em italiano, *orzo*, bebida feita de cevada que substitui o café e é servida em todos os bares italianos. [N.T.]

nunca está. No fim, sou somente a minha história. Sou eu e os meus pés.

Sim, os meus pés...

Lembrei-me dos meus pés numa tarde romana não especialmente interessante, meses após o frango da Barack Street. Talvez estivesse entediada ou pensativa. O olhar distraído caiu sobre minhas extremidades inferiores e foi uma revelação. Só então entendi com clareza o que fazer com aquele mapa. Eu não havia me esquecido daquilo que a mamãe Kadija me dissera. Sabia no meu coração que deveria terminá-lo. Do contrário, tudo seria em vão. Teria traído a mim mesma e especialmente a quem amo.

Não foi fácil entender o que fazer. Demorei um pouco. Porém, quando entendi, me apressei. Fui correndo até a senhora Cho, originalmente de Wenzhou, que vende tudo por um euro aqui atrás de casa. Fui quase arquejando. Sentia uma leve falta de ar. Comprei três pacotes de *post-it* e comecei. Naquele dia, o vento soprava de leve. O sol era uma ilusão de primavera. Os pássaros cantavam felizes como nos desenhos animados de Walt Disney. A atmosfera era bucólica e serena. Só o meu coração desafinava com os batimentos fora de compasso. Parecia também que eu havia recém acabado de correr uma maratona, como Abebe Bikila.[16] E talvez o meu coração tivesse razão: de fato eu também era uma maratonista. Só que o meu

---

16 *Abebe Bikila* (1932-1973), atleta etíope, duas vezes campeão olímpico da maratona – em Roma em 1960, quando tornou-se o símbolo da África que se libertava do colonialismo europeu, e em Tóquio em 1964. [N. A.]

percurso era doze vezes a circum-navegação da terra. Doze vezes a viagem de Magalhães.[17]

Chegando em casa apoiei os *post-it* sobre a mesa. Depois, comecei a procurar freneticamente o mapa que eu, meu irmão Abdul e meu primo O. tínhamos traçado na Barack Street. Não lembrava exatamente onde tinha enfiado o fruto daquela estranha tarde, mas sentia-me confiante. Em até uma hora devo encontrá-lo. E de fato, depois de muito revirar, foi o que aconteceu.

Estava um pouco acabado, o mapa, todo abarrotado, *cianciato*,[18] como diriam os romanos. Desamassei-o um pouco com as mãos, ao máximo que pude. Depois, peguei um varal de roupas, estendi num canto da quitinete onde moro e pendurei o mapa como uma saia recém-lavada com três pregadores em forma de joaninha.

Assim que ficou bem estendido, observei bem aquele mapa bastardo. Quase como um desafio. Lá estava a Mogadíscio de que não nos lembrávamos mais. Tinha o irmão Abdul e o primo O. com os seus amores, suas paixões, suas tretas, as aulas cabuladas, as rebeldias. Se me aproximasse do mapa com o nariz, conseguiria sentir o aroma de café com gengibre e o perfume que emana dos pratos repletos de *beer iyo muufo*.[19] Que alegria, toda aquela comida fragrante! Porém, se me aproximasse assim, emanava também

---

17 Fernão de Magalhães (1480-1521), navegador português que se impôs de chegar ao Oriente navegando em sentido Ocidente. Em 1521 tocou as ilhas Marianas e depois chegou até as Filipinas, onde foi assassinado num conflito com a população autóctone. [N.T. a partir da N.A.]

18 *Cianciato*: amassado, mal dobrado, no dialeto de Roma. [N.T. a partir da N.A.]

19 *Beer iyo muufo*, prato típico somali: picadinho de fígado de vaca acompanhado de pão tipo *focaccia*. [N.A.]

algum cheiro ruim. Havia as fossas negras carregadas de excrementos e a carcaça de algum dromedário morto de alguma doença e abandonado à beira da estrada. Aquele cheiro desprezível de morte era compensado pelas essências usadas pelas mulheres que se desprendiam do papel num brilho de júbilo infinito. Em algum rincão daquele mapa, estava eu também.

Eu era pequena, cheia de espinhas, um pouco gorducha, com o ar vacilante que eu sempre tinha naqueles meus dias distantes passados na bela Mogadíscio. Eu era subterrânea. Escondida. Às vezes me comportava como visita, às vezes à paisana. Eu brincava interpretando papéis diferentes: zagueira e atacante; africana e europeia.

Eu não nasci naquelas ruas. Não cresci nelas. Não foi lá que me deram meu primeiro beijo. Nem me desiludiram profundamente. Mesmo assim, sentia que aquelas ruas eram minhas. Eu as havia percorrido e também reivindicado. Reivindicava os becos, as estátuas, os poucos postes. Eu também tinha algo em comum com o primo O. e com Abdul. Claro, a experiência deles e a minha não era comparável. Mas eu reivindicava aquele mapa de forma enérgica, como reinvindicarei meu último dia de vida. Aquela Mogadíscio perdida era tão minha quanto deles. Era minha, minha, minha.

E é então que entram em cena os *post-it* comprados da senhora Cho, que vende tudo por um euro perto de casa. Eu não queria uma folha de papel: queria algo provisório e decomponível. Os *post-it* pareciam-me perfeito. Peguei um alaranjado. Uma cor quente, aconchegante, de bom auspício. Ideal para começar uma aventura. Escrevi em cima em letras de forma, bem grande: "ROMA".

Nos outros, escrevi nome de bairros, praças, monumentos: Estádio Olímpico, Trastevere, estação Termini e assim por diante.

Colei tudo ao redor da minha Mogadíscio de papel. Depois eu, que não sei desenhar, tentei desenhar as minhas lembranças. Trabalhei durante horas. Tracei linhas, contornos, sombras. Recortei jornais. Sinalizei algumas coisas por escrito. Disso tudo, saiu o desenho de uma garotinha. Era engraçado ver o resultado. Era inapresentável. Mas o mapa estava finalmente completo. Agora, a mamãe não teria mais do que reclamar.

2 Teatro Sistina

O teatro Sistina está na rua homônima. Estamos no coração da urbe, exatamente entre a praça Trinità dei Monti e a praça Barberini. A rua que junta estes dois mundos só na aparência tão distintos. Por um lado, a rua está no bairro de Campo Marzio, que vai da praça Trinità dei Monti à rua Francesco Crispi, enquanto o resto da rua, por sua vez, já está no bairro de Colonna. Era o reino da revista,[20] no palco desse teatro já estiveram os maiores, de Totò[21] a Renato Rascel,[22] de Marcello Mastroianni a Walter Chiari.[23] Foi aqui que Garinei

---

20 *Revista:* espetáculo de variedade consistente de cenas cômicas e irônicas inspiradas pela realidade, nas quais misturam-se prosa, dança e canto. Nasce a partir do *variété* francês e do *music hall* inglês e teve seu momento de auge durante a *Belle époque* (entre o final do século xix e o início do século xx) e nos anos 1920 na Europa e nos Estados Unidos. Após a segunda guerra mundial esse tipo de espetáculo se transformou no gênero de comédia musical. [N. A.] No Brasil, chamado simplesmente "revista", houve produções das companhias de Walter Pinto e Carlos Machado, revelando talentos como Carmem Miranda, sua irmã Aurora, até as chamadas vedetes de imenso sucesso como Suzy King, Wilza Carla, Dercy Gonçalves, Elvira Pagã, Mara Rúbia e Luz del Fuego. [N. T.]

21 Antonio de Curtis (1898–1967) foi um ator italiano símbolo do entretenimento cômico no país. Era conhecido como o "príncipe da risada" mas também interpretou papéis dos mais dramáticos no cinema e no teatro. Foi também dramaturgo, poeta, compositor e cantor. [N. T.]

22 Renato Rascel, pseudônimo de Renato Ranucci Massa (1912–1991), cantor e ator italiano que se consagrou junto ao público internacional ao atuar ao lado de Marlene Dietrich em "Montecarlo" e de Mário Lanza em "Arrivederci Roma". [N. T.]

23 Walter Chiari, pseudônimo de Walter Annicchiarico (1924–1991), ator, comediante e apresentador de televisão italiano. Um dos comediantes mais conhecidos da Itália, atuou, entre outros, ao lado de Alberto Sordi, Ugo Tognazzi, Vittorio Gassman, Marcello Mastroianni e Nino Manfredi. [N. T.]

e Giovannini[24] *estrearam com a comédia em dois atos* Aggiungi un posto a tavola.[25]

"*Acrescente um lugar à mesa*", *diz a canção que dá o título à comédia,* "*que tem um amigo a mais. Se mover um pouco a sua cadeira, você também ficará à vontade*", *e então continua:* "*os amigos servem para isso: ficar em companhia. Sorria para o novo convidado, não o deixe ir embora, divida a mistura, redobre a alegria.*"

É por aquela alegria que eu e os meus pés nos lançamos por Roma. Um lugar ideal para começar um sonho. Onde reconstruir uma vida.

No mapa marco uma rua cheia de cadeiras. Para todos os amigos que virão.

Meus pés e eu nascemos em Roma porque meu pai apaixonou-se pela voz de Nat King Cole.

Aquele homem lindo de Chicago determinou, de algum modo, minha vida. Voz cálida, de barítono, nunca agressiva. O velho Nat usava de modo bizarro aquela sua bela voz. Sempre sussurrada, sempre suave, marcando as palavras uma a uma. Meu pai gostava muito da forma de se comunicar de Nat. "Olhava-te nos olhos e não tinhas mais saída." Nat cantava quase sempre tocando piano, mas fazia-o do seu jeito. Virava-se para o público e se retorcia todo como um junco num

---

24 Garinei e Giovannini, nome com que é conhecida a dupla de comediantes italianos Pietro Garinei (1919-2006) e Sandro Giovannini (1915-1977), protagonistas do mundo do espetáculo popular italiano. Entre as comédias musicais mais memoráveis em que a dupla atuou, destacam-se *Rugantino* (1962) e *Aggiungi un posto a tavola* (1974). [N. A.]
25 A tradução literal do título do espetáculo é "Acrescente um lugar à mesa". [N. T.]

dia cheio de vento que sopra do norte. E foi assim que meu pai o viu: todo torto, virado para o seu público, com um olhar que, segundo papai, parecia enfocado nele. Estavam ambos no teatro Sistina de Roma. Os dois negros e lindos. Os dois lutando com seus destinos. Mas por que meu pai estava longe da Somália?

Em algum momento da década entre 1950 e 1960 meu pai fez uma viagem a Roma. Não era a primeira vez que estava na Cidade Eterna a trabalho. Já era um político sério, e o futuro que o levaria ao cargo de ministro das relações exteriores nos anos de 1960 já estava batendo à porta. Aquela noite, papai se deu um presente, ou seja, um show do seu cantor preferido, Nat King Cole. Mas naquela escolha de lazer estava inscrito um pouco do seu futuro e, por consequência, também do meu.

Papai (assim como toda a família Scego) estava ligado a um destino do qual era muito difícil conseguir subtrair-se. Aquele destino se chamava política e nem meu pai nem meus tios deram para trás. Mas também acabaram pagando um preço alto.

Papai nasceu em Brava[26] (ou Barawa, como se escreve em somali), perto do mar, assim como o vovô e todos os nossos antepassados. Passou a infância e os primeiros anos da adolescência nessa cidade fantástica construída numa baía que desemboca no mar. Em

26 Brava: cidade portuária da costa meridional da Somália, localizada na região de Benadir. A população tradicional constitui-se da etnia bravanesa, um grupo étnico distinto que fala um dialeto da língua bantu muito semelhante ao suaíle, mas, diferentemente deste, é usado somente pelos habitantes da cidade, sendo conhecido como *chimwiini*. [N.A.]

Brava, as casas eram e ainda são todas brancas. A areia é tão dourada que chega a cegar. Papai, como toda criança que se preze, corria, suava e competia com os amigos para ver quem saltava mais longe. Nadava com frequência e, quando o vento era favorável, pescava com os amigos peixes grandes como cabanas que lhes saltavam em cima. Daquela sua infância, papai me transmitiu muitas canções em língua bravanesa e em língua somali. Cantava-me também uma marchinha: uma canção que, confesso-o com um pouco de vergonha, eu adorava. Era aquela melodia rítmica que eu conseguia acompanhar direito. Era tudo *zumpapá zumpapá*. Quando eu era pequena, não entendia muito bem aquela letra que evocava um garoto audaz, um garoto de Portoria[27] que é como um gigante na história. Só anos mais tarde eu entendi que era a canção dos *balilla*,[28] um hino fascista. Algo que ia contra aquilo que éramos. Pedi-lhe explicações e ele respondeu candidamente: "Às vezes, é difícil tirar da cabeça o que te inculcaram à força quando eras criança. Aquela canção não me representa, mas às vezes me lembro dela. Não posso fazer nada". Desculpou-se, um pouco, também por tê-la ensinado a mim.

Por outro lado, ele, quando criança, mesmo estando em plena linha do Equador, era um *balilla*. Sua infância foi o fascismo. Depois, como muitos, lutou

---

27 *Ragazzo di Portoria* (garoto de Portoria): refere-se a Giovan Battista Perasso, chamado "o balilla", garoto que deu início à revolta dos genoveses contra os ocupantes austríacos no dia 5 de dezembro de 1746. Portoria é um dos seis antigos bairros em que está dividido o centro histórico de Gênova. [N. A.]

28 *Balilla:* nome dado, durante o fascismo, à organização juvenil formada por meninos entre 8 e 14 anos recrutados para as formações juvenis paramilitares. A canção aqui referida é *Fischia il sasso*. [N. A.]

para se libertar do fascismo. Mas Mussolini, as marchas, os exercícios físicos, as medalhas de ouro pelas notas na escola eram o seu pão de cada dia. Os professores, todos rigorosamente italianos, diziam às crianças que os olhos do *Duce* eram atentos e perscrutavam cada um deles. Não era brincadeira. Fazia-se o que eles diziam ou estava-se em apuros. Pauladas sem fim. Meu pai sempre me diz: "Aquela escola matava qualquer tipo de criatividade. Nunca nos deixavam desenhar. Era proibido sonhar." Por sorte, papai também frequentava a escola corânica.[29] Claro, se os versos da *sura*[30] não fossem recitados corretamente e de cor, corria-se o risco de levar pauladas por lá também, "mas a musicalidade do Alcorão nos instilava o desejo de sonhar que a escola de Mussolini nos tolhia. E, após a escola corânica, vestíamos roupas normais, rolavamos felizes pelo chão por sermos crianças, sem aquele uniforme incômodo com o qual tínhamos enorme cuidado para não sujar".

Meu pai, quando criança, não faltou um dia sequer à escola. Amava demais os cadernos e os lápis. Também tinha sido favorecido por um bom destino, papai era um garotinho com uma saúde de ferro, ao contrário do tio Abukar, que sempre tinha algo para tratar. "Pobre Abukar, que Deus o tenha em sua glória. Era o doente da família. Para curá-lo, a mamãe obrigava-o

---

29 Escola corânica: escola baseada no ensino das técnicas de repetição oral dos versos do Alcorão. O professor é o imã, ou *faqih* ("aquele que conhece as coisas religiosas"), diante do qual cada aluno, *attalib* ("aquele que pergunta") se senta no chão com as pernas cruzadas e oscila para frente e para trás enquanto recita as *suras*. Além do Alcorão, são ensinados os elementos de base da língua árabe e da aritmética. [N.A.]

30 Sura: cada um dos 114 capítulos do Alcorão. [N.A.]

a tomar banho no sangue de um cabrito abatido. Uma diversão. Depois dessa tortura, Abukar, durante boa parte de sua infância, odiou carne. Eu comia toda a parte dele." Imagino o quanto meu pai se aproveitou daquela situação. Para ele, a adolescência foi uma enorme fanfarrice. Correr, divertir-se, viver em simbiose com a natureza. Depois, num certo momento, tudo acabou. Da noite para o dia, você se torna adulto. Na Somália, a adolescência nunca dura muito tempo.

Começou seu primeiro trabalho com catorze anos: vendia relógios no porto. Fizera um acordo com alguém que fabricava relógios a baixo custo, oferecendo-se não como trabalhador braçal, mas sim como sócio daquela empresa improvisada. "Se eu não conseguir vender, não precisa me pagar nada. Mas se eu vender, deve me dar o que me é de direito, nem um xelim a menos." Os negócios foram bem por um certo tempo. Até que começou a brotar nele a vontade de fazer política. Pode-se dizer que era uma epidemia familiar, a *siyaasi*, a política. Pela *siyaasi*, fazia-se qualquer tipo de sacrifício. Os jovens na Somália, no final dos anos de 1940, sentiam-se eletrizados pela mudança que viria a ocorrer logo depois. Em 1941, a Itália foi enxotada de suas colônias, antes até que a guerra terminasse. Os italianos foram repentinamente substituídos pelos ingleses. Foi um momento importante para a Somália. Os ingleses aliviaram o *apartheid* imposto pelos italianos. Muitos somalis começaram a estudar e a organizar movimentos políticos bem naquele período. Meu pai trabalhava como intérprete para eles e dirigia as ações da polícia civil. Foi naquele momento que acendeu-se a chama do que seria o destino inelutável de toda nossa família. A primeira vez que Alí Omar Scego, o papai, veio para Roma, foi para frequentar a chamada escola política,[31] a mesma frequentada por todos os integrantes da liderança política somali, entre eles Siad Barre (que uns vinte anos depois viria a se tornar o grande ditador da Somália).

Era parte do nosso percurso obrigatório rumo à independência.

Foram estranhos aqueles anos entre 1950 e 1960. A África estava em ebulição. A era do imperialismo estava em declínio por todas as partes e, depois do final da Segunda Guerra Mundial, os povos colonizados tentaram tirar proveito do enfraquecimento das potências europeias e reivindicar seu próprio direito de autogoverno. O primeiro país da África negra que obteve a independência após a guerra foi o Gana de Kwame Nkruma,[32] depois todos os outros se seguiram. Mas cada um teve seu trajeto. Basta pensar na Argélia,[33] que teve de conquistar a sua soberania recorrendo às armas, num conflito dos mais sangrentos e terríveis do século XX. O caso da Somália foi bastante anômalo. As Nações Unidas estavam convencidas de que o país não estava pronto para assumir as responsabilidades da soberania nacional. Tanto as estruturas

---

31 Escola política: em geral, cursos de formação ou especialização destinados aos que seriam parte da futura classe de dirigentes e líderes de um país. [N. A.]

32 *Kwame Nkrumah* (1909-1972), político ganês que foi um dos líderes do nacionalismo africano, Presidente da República de Gana desde 1960, foi destituído com um golpe de estado em 1966 e se refugiou na Guiné. [N. A.]

33 A Argélia enfrentou, entre 1954-1962, uma guerra duríssima contra uma França decidida a defender posições econômicas conquistadas durante mais de cem anos de domínio. Em 1962, o general De Gaulle decidiu assinar o armistício com a Frente de Libertação Nacional argelina, num armistício que encaminhou o país para a independência. [N. A.]

estatais quanto as públicas do país, como o ensino, a saúde e os quadros administrativos, eram considerados atrasados. Era necessário recriar tudo. Decidiu-se, portanto, para enorme desapontamento dos somalis, por um *trusteeship system*,[34] ou seja, uma Administração fiduciária[35] por parte de um terceiro estado, por um período a ser estabelecidos. Vista em retrospectiva, a *trusteeship* era uma grande roubada para os países ansiosos pelo autogoverno. Noutras palavras, não se negava o direito à independência, mas ela era sorrateiramente postergada para um futuro indefinido. O resultado era a promulgação de uma relação de dependência, de fato, um domínio paracolonial,[36] por parte das potências europeias. Uma perpetuação da chamada missão civilizatória. Não estávamos tão distantes do pensamento de Joseph Rudyard Kipling, esse fardo do homem branco que levou tantos povos a suportar desgostos inenarráveis por parte da Europa. As potências brancas ainda acreditavam que esse fardo fosse deles, havia ainda um odioso substrato de imperialismo. Ainda foi o único caso em que o mandato fiduciário foi entregue a uma ex-potência colonial, além do mais, derrotada na última guerra.

---

34 Administração fiduciária: administração entregue por algum tempo sob o mandato das Nações Unidas a uma nação europeia para administrar o território de uma ex-colônia. Nesse caso, em 1950, a Somália foi entregue pelas Nações Unidas à Itália por dez anos, antes de ser proclamada independente no dia 1º de julho de 1960. [N.A.]

35 Cf. Conselho de Administração Fiduciária das Nações Unidas [N.T.]

36 Domínio paracolonial: as grandes potências europeias, impedidas de conduzir uma verdadeira política colonial devido aos desequilíbrios globais, controlavam indiretamente as áreas assignadas. [N.T.]

Estou realmente convencida de que a bagunça atual da Somália tem raízes na má administração do período de transição para a independência. Ninguém consegue lhe ensinar democracia, muito menos o seu ex-patrão colonial.

"Muitos", contou-me um velho amigo da família, "usaram os dez anos de administração fiduciária para recuperar os negócios. Eram pessoas que tinham explorado a Somália durante o fascismo e continuaram a fazê-lo com os democratas cristãos,[37] sem derramamento de sangue. Portanto, nos ensinaram, muitas vezes, o mal hábito da corrupção, a solução simples. Isso levou à criação de quadros de gestão subservientes e comprometidos."

"No começo, nós jovens da Liga da Juventude Somali[38] não queríamos os italianos", explicou-me meu pai, "mas tivemos de nos dobrar: ou isso ou nada de independência." A Liga da Juventude Somali (SYL), que logo se tornou um partido majoritário no país, sustentava uma verdade irrefutável, ou seja, que o país que lhes havia submetido por anos era, de fato, o candidato menos adequado ao papel fiduciário. "Durante o

---

37 A Democracia Cristã (em italiano *Democrazia Cristiana*; DC) foi um partido político italiano de inspiração democrata-cristã, fundado em 1942 por Alcide De Gasperi a partir dos vestígios do Partido Popular Italiano, do padre Luigi Sturzo, que fora proscrito pelo fascismo. Após a queda do fascismo, a DC viria a se tornar o partido dominante, vencendo todas as eleições legislativas de 1946 a 1992. Os democratas-cristãos italianos eram um partido guarda-chuva, com facções que iam da centro-direita à centro-esquerda. [N.T.]

38 Liga da Juventude Somali: movimento nacionalista formado por jovens intelectuais que, através de revoltas nas ruas, combateram pela independência da Somália contra o colonialismo italiano e inglês. [N.A.]

colonialismo, os italianos, nunca quiseram criar quadros de gestão somali. Pensa, minha filha, podíamos estudar somente até o quarto ano do ensino fundamental, após isso nos era impedido por lei prosseguir os estudos. Eis porque, ao chegarem os ingleses, nos parecia que voltávamos a respirar". O parêntese inglês durou do fim da Segunda Guerra Mundial ao início da Administração Fiduciária de 1950. Os ingleses trouxeram a possibilidade de reverter a situação de *apartheid* a que a Somália fora submetida pelos italianos, e permitiram a emergência de instâncias políticas. Ainda que não faltassem alguns desentendimentos com os quadros institucionais ingleses, a Liga da Juventude Somali sempre preferiu Sua Majestade à nova República italiana. Os ingleses davam mais espaço aos nossos sonhos. Naquele tempo, o sonho chamava-se Grande Somália. Noutras palavras, reunir num só estado todos os territórios habitados pelos somalis: a ex-Somália italiana, Ogaden na Etiópia, Nfd[39] no Quênia, Somalilândia e Djibuti (a ex-Somália francesa). A estrela no centro da bandeira somali é um símbolo desse sonho de grandeza. As cinco pontas representam as cinco regiões em que vivem os somalis. "Por isso, todos nós torcíamos pelos ingleses. Se tínhamos que ser administrados por outro país (coisa que não agradava ninguém), que ao menos fossem eles. Eu trabalhei com os ingleses. Eram organizados e profissionais. Havia rigor, enquanto com a Itália chegou aquilo que você definiria como balbúrdia. Nos acostumamos a isso também. Por outro lado, não tinha como ser de

---

39 A Província do Nordeste (*Mkoa wa Kaskazini-Mashariki*, em suaíle) é uma província do Quênia historicamente habitada por somalis. [N. T.]

outro jeito. Estávamos encurralados, era isso ou nada de independência." Mas por que mesmo a Itália foi escolhida para administrar a Somália? Bom, aquilo que para mim parecia bizarro era, na verdade, fruto de uma vontade política clara e inequívoca. Os EUA e o Reino Unido tinham cálculos bem precisos. Uma equação que tinha muito a ver com a Guerra Fria.

A Itália também tinha um sonho: terminar bem a aventura colonial. Evitar causar mais uma vez uma má impressão no resto da Europa era o único objetivo a ser alcançado após a humilhação da derrota na guerra. Era uma questão de prestígio que fazia com que todos estivessem de acordo. De De Gasperi[40] a Togliatti,[41] dos democratas cristãos aos comunistas, ninguém ousou criticar esse desejo.

As grandes potências mundiais satisfizeram aquele desejo por conveniência política. Até porque a Itália dava um pouco de medo, com o seu Partido Comunista grande e organizado. Não queriam perder um aliado, ainda mais numa região estratégica. Melhor sacrificar a Somália do que ter bolcheviques no governo de um país-chave.

40 Alcide De Gasperi (1881-1954) foi um estadista italiano, secretário do Partido Popular de 1923 a 1925. Antifascista durante a Resistência, reorganizou o Partido Popular com o nome de Democracia Cristã, do qual foi secretário de 1944 a 1946 e entre 1953 e 1954. Tornou-se primeiro ministro em dezembro de 1945, assinou o tratado de paz com os aliados, expulsou a esquerda do governo e liderou a Democracia Cristã à vitória nas eleições de 18 de abril de 1948. [N.A.]

41 Palmiro Togliatti (1893-1964) tornou-se secretário do Partido Comunista Italiano em 1927, após a prisão do fundador Antonio Gramsci, e se manteve no cargo até a morte. Entre seus principais resultados políticos, destacam-se a aglutinação das forças antifascistas e o reconhecimento do papel dos católicos. [N.A.]

"No dia 1º de abril de 1950, em Mogadíscio, lembro-me como se fosse hoje", papai disse-me outras vezes, "nos emocionamos todos, ainda que tudo estivesse errado. Nossa independência nos parecia mais próxima! Naquele dia, parecia que podíamos tocá-la com nossos dedos, próxima como a lua e as estrelas, às quais, no Equador, basta esticar as mãos." O que parecia completamente errado para o meu pai era o fato de ainda estarmos sob tutela, e pior ainda, sob tutela italiana. "Na praça do mercado, a bandeira inglesa foi descida, a tricolor italiana foi hasteada no mastro e a população exultou, para dizer a verdade nem sei bem dizer o porquê. Aquele grito de júbilo era totalmente deslocado. Talvez o que nos chamava a atenção era aquele movimento imperceptível em direção à liberdade. Lembro-me que o povo continuava empoleirado por todos os cantos. Pareciam todos pequenas aves prontas para voar. Homens de barba vermelha tingida com hena, jovens vestindo *futa*,[42] mulheres com as costas cobertas e com lenços multicoloridos. Todas as crianças traziam bandeirinhas italianas nas mãos, os gritos eram de pura alegria." Um júbilo estranho, se pensarmos nas tensões entre a administração italiana e o partido majoritário, a Liga da Juventude Somali, do qual meu pai fazia parte.

Contrapunham-se duas perspectivas: para a Itália, era mera questão de prestígio. Para os somalis, era questão de existência. Entre os quadros militares, havia quem estava voltando pela segunda, terceira ou até pela quarta vez à África. Muitos dos integrantes do exército de emergência enviado à Somália, o exér-

---

42 *Futa*, tecido que se coloca ao redor da cintura, usado pelos homens somalis. [N. A.]

cito que deveria ensinar aos somalis a ordem pública, eram veteranos da guerra da Etiópia.[43] Gente que tinha massacrado os etíopes no vale de Faf[44] e agora estava sendo mandada àquele antigo império para ensinar a liberdade republicana. É um pouco como, por exemplo, mandar um kapo[45] ensinar ao novo Estado de Israel como viver no deserto. Algo completamente absurdo.

Na primeira vez que meu pai me falou sobre administração fiduciária e a escola política que havia frequentado na Itália, fazíamos uma caminhada. Papai é um grande caminhador. E logo me iniciou nesse seu passatempo sadio e econômico. "Roma é a melhor cidade para se caminhar", dizia-me, "se você se perde por aqui, sempre encontra o caminho." Eu tinha quatro, cinco anos. Lembro que íamos da nossa pensão na rua Balduina até o mercado da rua Doria, e, se ainda tivéssemos for-

---

43   A guerra da Etiópia foi travada pela da Itália contra o império da Etiópia (também conhecida como Abissínia) entre 1935 e 1936. Mussolini deu início às hostilidades no dia 3 de outubro de 1935, ordenando às tropas presentes na Eritreia e na Somália, reforçadas por uma força expedicionária, ultrapassar a fronteira da Etiópia. Após apenas sete meses de campanha militar extremamente dura por parte dos marechais Badoglio e Graziani, o fim da guerra foi proclamado no dia 9 de maio de 1936, com a entrada das tropas italianas na capital Addis Abeba e a constituição de um império da África oriental italiana sob o rei Vittorio Emanuele III, a partir de então não apenas rei da Itália, mas também imperador da Etiópia. [N. A.]

44   Vale do Faf: área montanhosa situada na parte oriental da Etiópia, caracterizada por uma paisagem impenetrável cheia de percursos ásperos e escarpados. [N. A.]

45   *Kapo*: nos campos de extermínio nazistas, era o prisioneiro encarregado de manter ordem e disciplina nas barracas e de organizar o trabalho dos outros prisioneiros em troca de um tratamento melhor. [N. A.]

ças para isso, íamos além, até os muros do Vaticano. Lembro-me de que eu conhecia cada canto da rua Ugo de Carolis. Descíamos e, se fosse de tarde, papai levava-me ao cinema Doria, que hoje é um cinema multis-salas, para ver um desenho animado da Disney. Naqueles passeios, pela primeira vez, fiquei ciente do nosso passado mítico. Meu irmão Abdul sempre diz: "Você nasceu tarde. Você não teve tempo de subir na limusine do papai. Eu sim". A limusine??? Sério que papai tinha uma limousine? O contraste entre o que me contavam, um passado exuberante, de riqueza e vida mundana, e o meu presente daquela época era realmente grande. Minha mãe dizia-me que as vitrines eram só para olhar, pois não podiam me presentear com bonecas caras. Na pensão em que vivíamos, o espaço era reduzido e economizava-se constantemente. Então, no meio de todas essas restrições, saía a história da limusine e o passado da família Scego. Na verdade, a primeira vez que papai veio à Itália não viajava com esses carrões, mas sim em ônibus mais espartanos. Ainda assim, era um visitante privilegiado. Era o primeiro comboio de somalis que viajava para a Itália. Todos homens em missão, futuros políticos que vinham aprender a "democracia". E a seleção para fazer aquela viagem foi dura. Muitos aspiravam a ocupar cargos nos quadros de dirigentes do país; mesmo quem não estava de acordo com a administração italiana (ou seja, a maioria) se submeteu diligentemente aos exames. Meu pai recorda-se daqueles dias como uma fadiga indescritível. "A seleção não terminava nunca, incluíam exames escritos e orais o tempo todo." Os melhores partiram para a Itália, diferentes grupos em fases diferentes. Meu pai pertencia ao primeiro grupo. Com ele, estavam Dahir Cusman, Awees Shiikh, Xasan Nuur Cilmi e Cabdirashiid Cali

Sharmaake,[46] que se tornaram todos manda-chuvas na Somália democrática. O último pagou caro pela sua atividade política. Quinze anos mais tarde, em 1969, em Las Anod o presidente Cabdirashiid Cali Sharmaake foi assassinado num atentado, e sua morte foi o prelúdio do fim da democracia na Somália. Após a morte de Cabdirashiid, meu pai também foi obrigado a deixar o país. As outras opções eram colaborar com a ditadura militar de Siad Barre ou ser eliminado. Meu pai escolheu o exílio e uma nova pátria, a Itália. Mas naquele ônibus, ninguém poderia imaginar que todo o entusiasmo dos anos de 1950, todos aqueles rostos sorridentes, viriam a afundar numa tragédia sem fim, que já dura há dezenove anos na Somália.

Num primeiro momento, foram alocados em Civitavecchia, e de lá foram para Roma, instalados num edifício próximo à avenida Liegi. Procurei aquele prédio, mas meu pai me disse que já não há mais vestígios da residência da "democracia" que fizeram. "Destruíram-no, e agora em seu lugar há uma clínica particular, acho." Naquele edifício, fazia-se de tudo. Comia-se, lia-se, namorava-se com a recepcionista e estudava-se democracia. Os professores italianos iam diretamente para lá e, quando saíam, era só para relaxar um pouco. "Era bonita a recepcionista?" perguntei curiosa. Meu pai sorriu. Das suas aventuras amorosas, ele não fala de bom grado. Há uma velada censura paterna. Intui-se, porém, que pintou e bordou à vontade. Por isso sentia-me tão curiosa em relação à recepcionista. Suspeito que meu pai tenha tido um notável pas-

---

46 *Cabdirashiid Cali Sharmaake*, nome somali de Abdirashid Ali Sharmarke (1919-1969), primeiro ministro da Somália entre 1960 e 1964 e presidente da Somália de 1967 até ser assassinado em 1969. [N.A.]

sado de *don juan*. De vez em quando, ele deixa escapar alguma frase do tipo "Sim, aquela lá estava apaixonada por mim", mas nunca vai além disso.

Frequentando o *star system*, via muitas personagens famosas: acontecia de cruzar com Vittorio Gassman nos banheiros do *Bandiera gialla*[47] ou de dar carona para William Holden, o coadjuvante de *Sabrina* (um dos meus filmes preferidos, com Audrey Hepburn linda como um lírio), por toda a Somália (Holden queria abrir um resort turístico no país, antes de adoecer). Coisas assim. Papai tinha estado na Casa Branca com uma delegação em visita ao presidente Johnson[48] e encontrou o imperador etíope Hailé Sellassié.[49] Conversar com ele era como folhear as páginas de um livro em 3D. O episódio de Omar Sharif sempre me faz sorrir. Porque diz muito do caráter do papai. Omar Sharif era um antigo conhecido. Haviam se cruzado por acaso algumas vezes nos saguões de hotéis. Os egípcios e os somalis, sobretudo naqueles anos, tinham muitas coisas em comum. Especialmente a ideia

---

47 *Bandiera gialla* foi um programa de rádio italiano durante a segunda metade da década de 1960. Era um programa dedicado às novidades mundiais da música e voltado ao público jovem. Os apresentadores eram Gianni Boncompagni e Renzo Arbore. O programa também inspirou o filme homônimo de 1967 *I ragazzi di Bandiera Gialla*, musical dirigido por Mariano Laurenti. Num contexto de monopólio nos serviços de radiodifusão na Itália, o programa representou uma renovação nos costumes, apresentando músicas diferentes, sobretudo provenientes do Reino Unido e dos EUA. [N.T.]

48 Lyndon Baines Johnson (1908-1973), expoente do Partido Democrático, presidente dos EUA que sucedeu a J.F. Kennedy após o atentado de 1963. Foi o responsável pela escalada militar dos EUA na guerra do Vietnã. [N.A.]

49 Hailé Selassié, adaptação italiana de Tafarí Maconnèn (1892-1975), negus (imperador) da Etiópia que reinou de 1930 a 1936 e de 1941 a 1974. [N.A.]

do pan-arabismo de Nasser,[50] que casava bem com pan-
-africanismo do ganês Kwame Nkrumah.[51] Cumprimen-
tavam-se com os olhos a cada encontro. No centésimo
cumprimento, no centésimo saguão de hotel, Omar
Sharif lhe perguntou se queria juntar-se ao grupo. "Estava acompanhado por duas deusas. Uma mais linda
do que a outra. Eu disse-lhe: 'Obrigado, talvez numa
próxima ocasião'. Eu não queria cair em tentação. Afinal de contas, eu era um homem casado." Seria essa
uma versão para os ouvidos da filha? Ou realmente ele
não se juntou à companhia do ator egípcio? Numa das
últimas versões, emergiu uma verdade um pouco mais
verdadeira do que as outras: "Tínhamos uma missão.
A política quando se faz seriamente não admite distra-
ções. Mas realmente eram duas deusas, aquelas. Que
sorte têm os atores".

Quando foi ao concerto de Nat King Cole, papai já
era um político conhecido. Faltava pouco para aquele
1º de julho de 1960 que teria feito da Somália uma
terra livre e independente. Aquela noite, papai estava
com alguns colegas da missão política por conta do

---

50   Pan-arabismo de Nasser: ideologia e movimento político
e cultural destinado a promover a solidariedade entre todos os
povos de língua e civilização árabe e que resultou na constituição, em 1945, da Liga Árabe, associação de defesa dos Estados
islâmicos. Gamal Abd el-Nasser (1918–1970), militar e político
egípcio, foi presidente da República entre 1956 e 1970 e firmou-
-se como líder do anticolonialismo e do pan-arabismo. [N. A.]

51   Pan-africanismo: movimento ideológico que surgiu com
o objetivo de forjar a unidade política do continente africano.
O termo foi proposto pelo advogado Sylvester Williams, que
promoveu a primeira conferência pan-africana, no ano 1900
em Londres. Entre os seus expoentes, destacaram-se os afro-
-americanos Dubois e Rodney, além do ganês Nkrumah. Deve-
-se ao pan-africanismo a formação da Organização da Unidade
africana (OUA), em 1963. [N. A.]

governo que manteria as rédeas do país. A Somália ainda não era independente e eles eram, oficialmente, uns senhores "ninguém", políticos de um Estado que ainda não existia, ao menos oficialmente. Após passar vários dias apertando mãos, sorrindo até o rosto ficar paralisado e falando sem trégua, os três amigos acabaram no Sistina naquela noite. Em cartaz, só havia ele, *Mr. Unforgettable*. Meu pai e os amigos amavam-no por suas baladas pop, mas também porque cada uma de suas canções manifestava de forma evidente suas origens. Era um homem do jazz, assim permaneceria para sempre. Afinal de contas, Nat King Cole, na juventude, vivera nos subúrbios de Chicago, repletos de vida noturna e bares. O pequeno Nat escapulia de casa e passava horas nos bares, onde escutava, em transe, Earl Hines, Jimmie Noone e Louis Armstrong.

Meu pai também gostava de Louis Armstrong. Ele também, quando pequeno, escapulia para viver sua adolescência a plenos pulmões. A vida é um pouco parecida para todos, se pensarmos bem; o que muda são os espaços à nossa volta. No Sistina, papai e seus amigos sentavam-se distantes do palco. Mas estavam satisfeitos, pois seus ouvidos iriam se deleitar com aqueles sons de Chicago, ele os levaria até Los Angeles e, mais especificamente, a Santa Mônica, a mais ou menos meia milha da praia. Os ouvidos iriam percorrer a mítica *Route 66*,[52]

---

[52] *Route 66*: famosa rodovia estadunidense inaugurada em 1926 para dar conta do crescente trânsito de automóveis e do desenvolvimento econômico, principalmente no oeste dos EUA. A rodovia começa no centro de Chicago, atravessa três fuso-horários em oito estados do país – Illinóis, Missouri, Kansas, Oklahoma, Texas, Novo México, Arizona e Califórnia – e termina em Los Angeles. Posta sob os holofotes por escritores e músicos, tornou-se o símbolo da liberdade e de um mundo de sonhos e esperanças. [N.A.]

a rodovia preferida de quem partia rumo a Los Angeles nas férias. E depois Saint Looey, Joplin, Missouri, Oklahoma City, Winona, Kingman, Barstow e San Bernardino. Atravessariam o *Painted Desert* no Arizona e veriam o *Grand Canyon*. Tudo naquela voz. Um percurso. Uma viagem. Uma vida.

Naquela noite, Nat abriu seu repertório como de costume. Amava alternar as baladas estudadas em cada vogal até as improvisações para piano, uma imersão anarquista em seu eu profundo. O público delirava, é claro. Meu pai e seus amigos estavam muito contentes. Aplaudiam e às vezes gritavam "ohhh yeahh", em aprovação. Num certo momento daquela noite Nat notou os três somalis. E isso para mim carrega algo de milagroso. As biografias de Nat King Cole todas concordam nesse ponto, ou seja, ele tinha um alto grau de miopia. Mesmo sendo um pouco uma toupeira, preferia não usar óculos enquanto tocava. Por isso, tinha aquele ar um pouco surreal. Parecia olhar tudo, mas, de fato, não olhava para ninguém. O truque era o seu sorriso. Sorrindo, transmitia a sensação de que tinha pleno controle da situação. Por isso, é milagroso para mim saber que, apesar da miopia intensa, Nat King Cole notou meu pai e seus amigos. O que será que o Nat viu com seus grandes olhos opacos? Talvez três pontinhos negros num mar branco? Quem sabe. De fato, após terminar a música, em vez de emendar logo outra canção, ele se virou para o meu pai e para seus amigos. E disse algo do tipo: "Caros irmãos, venham ver o show aqui na primeira fila. Os olhos de toda plateia do Sistina colaram neles. "São manda-chuvas", murmurou alguém. Não podiam, é claro, intuir a solidariedade secreta de quem tem a mesma cor de pele. Nat King Cole apertou a mão deles. Depois, continuou cantando. Para o meu pai e seus amigos, aquela foi uma noite linda. Uma noite em que a solidariedade negra havia produzido um efeito de magia. Naquela noite, meu pai se convenceu de que, se viesse a passar por algum apuro, iria buscar refúgio em Roma: a magia que havia experimentado o convenceu de que em Roma era possível, de uma forma ou de outra, recomeçar. Que Roma era realmente uma cidade mágica.

3 Praça Santa Maria sobre Minerva

Está entre as minhas praças preferidas de Roma. Amo a sua extrema simplicidade. É um refúgio perfeito para quem está triste ou quer ficar sozinho e refletir. É um oásis de paz absoluta que contrasta bastante com a multidão ruidosa que preenche o vizinho Pantheon. Aqui, não há lojas, não há barraquinhas, não há circos itinerantes. Há somente a racionalidade geométrica linear e silenciosa. A igreja que domina a praça (e que com ela compartilha o nome) foi construída sobre um antigo templo erroneamente atribuído à deusa Minerva Calcídica.[53] Num primeiro momento, pertencia à ordem das monjas gregas de Campo di Marzio, depois, a partir de 1280, foi reconstruída pelos dominicanos com formas góticas. Apesar das numerosas intervenções feitas com o passar dos séculos, a basílica permanece a única igreja medieval de estilo gótico em Roma. Havia em seu interior, entre tantas coisas maravilhosas, numa espécie de moldura dourada com três tramos,[54] um dos seus dois órgãos. Algo encantador que, porém, teve um estranho destino. Alguém roubou-lhe todos os sons: inicialmente, removeram os tubos, um por um; depois, queimaram-no. Foi privado da sua seiva sonora com violência. Sua história sempre me fez pensar na memória de nós, mulheres. Que também é queimada, silenciada, deturpada. Apesar dos horrores cometidos na nossa pele, nós, mulheres, tivemos força para superar a infame tradição do

---

53 Minerva Calcídica: deusa itálica e romana da sabedoria e das artes pacíficas. Identificada com a deusa grega Atenas, assumiu mais tarde também a qualidade de guerreira e protetora da cidade. [N.A.]

54 Tramo: em geral parte de uma estrutura inclusa entre dois apoios. No caso específico refere-se à arquitetura ao redor do órgão. [N.A.]

silêncio. Nossa língua é o código do nosso coração pulsante. Em meu mapa, marco um colar de corações. Por todas as mulheres que estão tomando a palavra, apesar de mil dificuldades. Para minha mãe, que sempre soube tomá-la quando necessário. Pela minha escrita de hoje, que muito deve àquelas vozes de coragem.

O peso agrava sobre as suas patas. Seus olhos são pequenos. Carentes. Não expressam incômodo. Viu muita gente, como nós, passar por aqui. Hoje somos nós, amanhã, outros. Ele, porém, estará sempre lá. Pelo menos enquanto houver Roma. Como o fantoche Pinóquio, está preso num corpo que não é o seu. Gostaria de correr. Brincar com os outros filhotes. Ter uma mãe. Fundir-se à savana. Mas a savana está distante, muito longe. Para ele, é uma terra proibida. Encontra-se em perpétuo exílio, uma criatura nascida sozinha. Nem sabe se um dia voltará para a África. Nem sabe se já esteve lá. Sua imobilidade é ainda mais estática devido ao xabraque[55] pesado. As pessoas tiram fotos dele. Em algumas dessas fotos, sua massa é hilária. Parece quase deslocado no espaço, deslocado no tempo, deslocado de tudo. Parece uma anomalia e talvez o seja. Sempre que posso, vou visitá-lo. Vou dar um oi. Mas talvez seja ele que me faz companhia, não o contrário. O elefantinho do Bernini da Piazza della Minerva é um dos melhores amigos que tenho em Roma. Para mim, aquele elefantinho é somali. Tem o mesmo olhar dos exilados. E também a mesma irreverência. Bernini, furioso porque seu projeto inicial fora sabotado, dese-

---

55 Xabraque: pano bordado e decorado de forma rica e colocado sobre o dorso e a anca, nesse caso, do elefantinho. [N.A.]

nhou o elefante de um modo que apontasse o traseiro para o convento[56] nas adjacências. O rabo desse malandrinho está levemente deslocado, como se cumprimentasse os dominicanos (os frades da comissão) de uma forma um tanto quanto indecente!

A primeira vez que vi o elefantinho, que os romanos chamam de "*il pulcin della Minerva*",[57] eu estava com minha mãe. Lembro-me de que perguntei a ela: "Mas estamos na Somália?" Eu tinha assistido a muitos episódios do programa *Quark*[58] e sabia que o elefante é um animal africano. Mamãe deu risada. Disse que não, que ainda estávamos em Roma. Minha confusão durou alguns dias. Então Roma está na Somália? Ou a Somália em Roma? Aquele elefantinho africano na cidade confundia todas as minhas certezas.

Com o tempo, descobri que aquele elefantinho tem o mesmo olhar da minha mãe. Não pode voltar, não pode saciar a sede da sua angústia. O exilado é uma criatura dividida. As raízes foram arrancadas, a vida foi mutilada, a esperança eviscerada, o princípio separado, a identidade despida. Parece não ter sobrado nada. Ameaças, dentes crispados, maldade.

---

56 Convento: tornou-se, no século XVII, sede da inquisição romana, tribunal eclesiástico fundado para punir os heréticos, onde foi executado em 1633 o processo contra Galileu Galilei, é hoje a biblioteca do Senado italiano. [N.A.]

57 *Il pulcin della Minerva* ("o porquinho da Minerva"): nome dado ao elefantinho como deformação de porquinho, ou seja pequeno porco, como era inicialmente apontado pelos romanos, cuja fantasia não era muito inspirada nos elefantes. [N.A.]

58 *Quark*: programa da televisão italiana que trata de questões de cultura e ciências, idealizado pelo apresentador Piero Angela e que estreou em 18 de março de 1981 no canal Rai 1. O programa ainda existe e chama-se atualmente *Superquark*. [N.T. a partir da N.A.]

Mas depois há um lampejo. O que faz a gente mudar de perspectiva.

Minha mãe viveu muitos lampejos. Antes de ser arrancada da Somália, alguém a havia arrancado da mata. De nômade foi forçada a se tornar sedentária. E todas as vezes teve que reinventar-se, teve que redesenhar o seu mapa. Aquele lampejo que vejo em minha mãe e no elefantinho do Bernini são as histórias que nadam em seus ventres. Afinal de contas, se vocês se aproximarem de uma somali ou de um somali, é isso que vão receber: histórias. Histórias para o dia e histórias para a noite. Para vigília, para o sono... para os sonhos.

A primeira história é sempre sobre um nascimento. Se já se é mãe, é sobre o nascimento dos filhos. Toda mulher conta o nascimento do próprio filho ou filha dezenas, centenas, milhares de vezes. E todas as vezes, conta-o como se tivesse acabado de acontecer. Todas as sensações, até as piores, estão frescas como se fossem recém vividas. As primeiras contrações, o trabalho de parto, a angústia, a dor, o alívio, o final e o melhor, o verdadeiro começo da maternidade, de uma tarefa completamente nova. "Você era igual ao seu pai quando saiu da barriga" ou "Quando te vi, parecia que eu estava vendo a boca de tua avó." Minha mãe nunca contou muito sobre o trabalho de parto que lhe provoquei. Disse-me que havia uma greve dos funcionários do hospital naquele dia. Do trabalho de parto em terra estrangeira, mamãe se lembra da frieza dos enfermeiros, da solidão e da falta de experiência de quem a atendeu. "Eu não tinha nada quando te levei do hospital. Nada de berço cheio de acessórios, nada. Te enrolei nuns panos e sai contigo em meus braços.

Estávamos sozinhas. Papai estava procurando trabalho." Nunca perguntei para mamãe que tipo de panos ela usou para me enrolar. Mas, pela história, sempre imaginei que fossem tecidos coloridos africanos, os mesmos com que minha mãe se vestia. Toda vez, essa história me deixa sem fôlego. Vejo-a com seus cabelos compridíssimos presos num coque, ela desorientada, ainda não falava bem italiano, uma mulher que precisava de um rosto amigo e que, ao contrário, fora obrigada pelas circunstâncias a se virar sozinha. Toda vez, penso em como deve ter sido difícil para minha mãe me dar à luz em Roma. Com os outros filhos, estava em casa, na Somália, cercada de pessoas que a amavam. As dores de parto foram duras, especialmente quando nasceu Mohamed (pois estava engessada e não conseguia se movimentar livremente), mas sempre acompanhada de um sorriso. Todas as mulheres ao seu redor lhe sorriam para que o trabalho de parto fosse menos pesado e para acompanhá-la com doçura em sua nova função. Além disso, em Mogadíscio, as parturientes ficavam de repouso: as demais mulheres da comunidade ajudavam a dupla mãe-bebê. Por quarenta dias, vivia-se mimada e servida. Naqueles quarenta dias, a mulher recobrava as forças. Naqueles quarenta dias, ela forjava um contato com a sua nova criatura. Mamãe e filho aprendiam a conhecer-se novamente. A gravidez é uma forma de conhecimento, mas o choque do nascimento é devastador para ambos, o que era, de certa forma, compensado por aquele período repleto de doçura. As mulheres agraciavam as parturientes com o seu tempo e os seus cuidados. Era uma forma de começar a enfrentar a tarefa mais difícil do mundo. Mas no Ocidente, tão evoluído, em contraste, tudo deve ser muito veloz. Não é dado tempo nem para a gente se dar conta de que se tornou mãe. É preciso ser logo eficiente. Nada de moleza. Minha mãe não entendia como era possível que as mulheres italianas não se rebelassem contra aquele sistema. Afinal, como é possível pensar em estar sozinha num quarto, só você e a sua criatura? Quatro paredes, nenhuma companhia. Ela olhava para os leitos das novas mães próximos ao seu e via seus rostos aflitos. Mulheres obrigadas a deixar o próprio trabalho para cuidar do bebê. Mulheres que nunca mais teriam tempo para si mesmas. Mamãe sempre se perguntou: "Mas aqui, onde está o tempo das mulheres?" E volta e meia refletia: "Se isso é o progresso, eu não gosto. Quero uma vida diferente". Na Somália, há defeitos enormes como montanhas, mas os somalis sabem como acolher uma criança. É você quem coloca um filho no mundo, mas é a comunidade inteira que se ocupa dele. Não é uma escolha solitária, mas coletiva. Cada rebento é abraçado por mil mãos. Apesar de todas as dificuldades da guerra e da imigração, ainda é assim entre os somalis. Um filho nunca é uma questão individual.

Minha mãe, porém, não desanimou. O charutinho, ou seja, eu, impunha a ela novas escolhas, novos itinerários.

Pela terceira vez, mamãe teve que remapear sua vida.

Sim, remapear. Não reconstruir, não renovar, mas sim remapear. Traçar uma nova geografia. Precisava traçar novas linhas, novas margens, outras parábolas. O espaço ao redor mudava novamente.

Pela terceira vez.

A primeira vez, o primeiro remapeamento, foi na infância. Mamãe era (e de alguma forma ainda o é, porque se você foi uma vez, será para sempre) nômade. Não sabe sua data de nascimento. Os pais contaram a ela, anos depois, que no dia do seu nascimento tinha iniciado a temporada das chuvas, um momento de grande fermentação na natureza; e também na comunidade, que precisava se dirigir a outros pastos. A família de minha mãe era toda formada por pastores que viviam à mercê dos eventos climáticos. As principais ocupações eram cuidar do pasto e encontrar água para sustentar a si e aos animais. Minha mãe sempre viveu em contato com a natureza. E, desde pequena, teve que começar a trabalhar com a família. Com cinco anos, já era uma pastora experiente. Acompanhava o irmão. Tinham que vigiar os dromedários. Ainda hoje, depois de tanto tempo, minha mãe sente-se muito ligada àquele animal. Para os somalis, o dromedário é o mais nobre dos animais, o mais generoso e o mais doce. Mamãe sempre me falou dele de forma calorosa e afetiva.

As histórias que ela me contava eram sempre temperadas pela presença da fauna africana. Era uma proliferação de *dik dik*,[59] gnus, zebras e hienas. Ela sempre me falou mal das hienas: eram as principais inimigas. O leão era nobre demais para fazer incursões e aproximava-se dos assentamentos humanos somente em caso de forte necessidade, nos períodos de seca, e os outros predadores também mantinham-se distantes dos acampamentos. Por que procurar sarna para se coçar, quando a savana já estava cheia de herbívoros indefesos prontos para serem devorados? O único animal que não pensava assim era a hiena. Era como se fosse animada por uma vontade de desafiar,

---

59 *Dik Dik:* Madoqua saltiana, pequena antílope que vive nas áreas semidesertas e manchas áridas e espinhosas da África oriental. [N.T.]

e não apenas pelo instinto de sobrevivência. Havia uma luta entre homem e a hiena na mata do norte da Somália. Mamãe nunca me escondeu o ódio por esse animal. Quando assistíamos juntas aos documentários de Piero Angela na televisão, eu a ouvia resmungar uma série de impropérios para a *dhurwaa*, a hiena: *Balaayo kugu dhacday, toofar... toofar dhalay, aabaha was! Wacal! Wacal... wacal dhalay*. Uma espécie de cantoria que eu não entendia no começo, mas que depois também comecei a repetir. Mamãe odiava a *dhurwaa* porque ela comia os animais, roubava os recém-nascidos e tornava a vida dos nômades ainda mais difícil. Tudo na mata era fruto de enorme sacrifício. Da procura por um poço de água à defesa da própria incolumidade. Mas mamãe recorda-se daquele período como um dos melhores da sua vida. "Quando caía a noite, nos reuníamos ao redor do fogo e lá todas as histórias, belas e feias, amedrontadoras e felizes, vinham à tona." Minha mãe, meus tios e minhas tias viviam à espera daquele momento. "Com as histórias, nunca te sentes sozinho, sabe, Suban?" Suban sou eu. Ou seja, eu me chamo Igiaba, mas minha mãe me deu muitos outros nomes. Suban é o seu preferido. Às vezes, me pergunto por que ela não me chamou Suban, já que me chama mais assim do que de Igiaba. Talvez porque o nome que eu carrego tenha pertencido a uma mulher que o meu pai amou. Ela me contou isso certa vez, rindo até engastar. Eu não vi nada de engraçado, se fosse ela, eu ficaria super enciumada. Mas ela ria, movendo a cabeça: "Mas Igi, passou. É belo lembrar, de vez em quando, sabe?" Meu pai era um belo homem e teve sorte com as suas duas mulheres. Encontrou duas mulheres inteligentes, simpáticas e muito bonitas. Nem todos têm essa sorte. Minha mãe é a segunda. A primeira, Zuhra, é uma mulher de forte calibre moral. Quando pude conhecê-la, pensei que, se os tempos fossem outros, ela teria sido uma ótima magistrada. Meu pai me contou uma vez que seu primeiro casamento foi fruto de uma decisão do meu avô Omar Scego. O vovô era realmente um homem de outra época, um patriarca do qual todos na família dependiam. Uma pessoa acostumada a mandar e a ser obedecida. Meu pai tinha dezesseis anos no dia do seu casamento e a esposa era um pouco mais jovem. Eram duas crianças. Meu avô tinha decidido que faria todos seus filhos e filhas se casarem naquele dia. Meu pai, como os demais, viu-se diante de um fato consumado e, como os demais, dobrou-se à decisão paterna. Os casamentos arranjados eram a coisa mais comum, o contrário é que era a exceção. O amor vinha depois do casamento e muitas vezes as mulheres nunca o conheciam. A escolhida para o meu pai tinha esse nome, Igiaba, que anos depois vi pregado em mim com desenvoltura por um pai nostálgico e uma mãe complacente.

A lenda familiar diz que essa Igiaba era uma mulher casada pela qual meu pai nutria certa simpatia, um belo afeto platônico porque impossível. A lenda familiar reza que, quando suas três primeiras filhas nasceram, papai também tentou dar a elas o nome Igiaba, claramente sem sucesso. Sua primeira esposa não gostava muito dessa história toda. E não a culpo por isso, eu nunca teria suportado, ciumenta como sou. Mas às vezes me coloco no lugar do papai jovenzinho forçado (como foi sua esposa) a se casar aos dezesseis anos. Eu também, se tivesse sido catapultada tão precocemente numa vida de responsabilidades e família, eu teria aberto a porteira à imaginação: não teria sonhado apenas com aquela Igiaba, mas com um harém inteiro repleto de doçuras. Não sei em que ponto da história apareceu essa Igiaba. Igiaba depois morreu. Também sei pouco ou nada a respeito disso. Dela, só tenho o nome que me deram. Papai, na chegada de cada netinha, sugeria "Igiaba" com desfaçatez, esperando que ninguém notasse sua insistência. Mas nada passa despercebido aos olhos de um somali. No final, essa história do nome virou uma piada. Depois casou-se com minha mãe e só nasceram meninos. Quando eu nasci, durante o exílio minha mãe disse a si mesma: "Essa será sua última filha, vamos contentá-lo". Minha mãe é uma mulher equilibrada e considera o ciúme uma doença de pessoas burras. Para ela, o amor equivale a doar a si mesmo. Então, quando nasci, ela disse: "Alí, vamos chamá-la Igiaba", nem esperou que ele pedisse, como de costume. Quando penso nisso, me emociono: meu nome foi um grande gesto de amor. No nome, há muitas vezes um destino. No meu, sinto muito amor.

Meus pais eram duas pessoas sozinhas naquela época. Tiveram que deixar sua terra. Meu pai pensava em abandonar a política. Trabalhara a vida toda para o seu país e para o sonho de um futuro. E agora que queria descansar, o seu próprio país o enxotava de casa. Os meus pais não dispunham mais sequer de seus bens. Tudo tinha sido confiscado pelo regime militar de Said Barre. Ficaram privados de recursos e afastados dos seus afetos. Haviam deixado todos os filhos no Chifre da África, e naquele momento, não sabiam como fazer para revê-los, não sabiam a quem pedir ajuda nem por onde recomeçar. Eis porque acredito que tenha sido importante dar-me aquele nome, porque o amor é esperança, renascimento, novas portas que se abrem na vida.

Mistérios maternos, os nomes, talvez mais impenetráveis do que qualquer dogma. De qualquer forma, tirando a questão do meu nome, minha mãe é um livro aberto. Imagino-a quando pequena, toda encolhida como um ouriço, de orelhas em pé, ouvindo as mil histórias da tradição oral somali. Tartarugas sábias, mulheres ardilosas, burros perspicazes, aves de rapina arrependidas. Era como estar num *Alice no país das maravilhas*: de um lado, a insídia, do outro, a magia. O final feliz nem sempre era garantido. E a história podia até terminar mal. Mas o que realmente valia era a moral da história. Cada história tinha que carregar algum ensinamento prático. Um ensinamento que os nômades podiam usar de alguma maneira.

Todas as lembranças que mamãe tem da mata são doces, menos uma: o dia em que fizeram sua infibulação. No começo, ela registrou somente a dor. Depois, com o passar dos anos, por conta própria, entendeu que o que lhe fizeram era uma monstruosidade. Mamãe não parece guardar rancor. Sempre me disse: "Fazia-se. Era tradição. Ninguém nunca disse aos meus pais, aos pais deles, que aquilo era uma tradição cruel, não prescrita pela nossa religião". Minha mãe tinha uns oito anos. Como manda a tradição, deram-lhe um banho e as mulheres se puseram a cantar para ela. Aquele dia, ela iria se tornar uma mulher. Sabia muito bem que seria doloroso, mas sua mãe tinha explicado tudo. Chegou à curandeira, responsável pelo procedimento, tremendo tanto que até provocava ternura. Nos meus sonhos, alguém sempre tira minha mãe desse lugar. Alguém sempre a salva. Mas não foi assim. Ela abriu as pernas, foi obediente como recomendaram as mulheres da família. "Naquele momento, me voltei a Deus. Pedia: "Oh Allah Clemente e

Misericordioso, Allah Senhor dos Universos, te rogo, faz com que eu tenha coragem. Faz-me sentir menos dor". Rezei tanto para o meu Deus. Não queria pensar naquele sangue que jorrava por baixo de mim." Duas mulheres seguravam as pernas dela para impedir que se movesse durante o procedimento. Tudo foi feito sem anestesia; mamãe nunca irá se esquecer daquela dor fortíssima. Foi obediente. Cerrou os dentes, era uma mulher *saacad*,[60] não uma qualquer. Não podia chorar diante da tribo. Apesar do sofrimento, ela em momento algum tentou se desvencilhar, fugir seria considerada uma grande vergonha.

No final, amarraram-lhe os quadris e ficou assim por volta de uma semana, era preciso dar tempo para que a ferida cicatrizasse. Toda vez me pergunto o que se desencadeou dentro da minha mãe naquele momento. Como ela fez para entender que o que estavam fazendo era profundamente errado. Só anos mais tarde ela viria a descobrir que aquela prática não era fruto de alguma lei religiosa: nenhuma prescrição do Livro obriga os fiéis a isso. Era somente uma deturpação da história. Quantos clitórides sorridentes foram cortados? Quantas flores da Somália foram perdidas? O número é incalculável, como também o sofrimento. Eu imagino (disso minha mãe não fala de bom grado) que a decisão de ser contra aquela dor tenha sido imediata. Ela, com os quadris amarrados, com uma cicatriz que demorava para chegar, decidiu, em sua pequena esfera, mudar o curso da história. Eu, de alguma forma, sinto-me um mapa de minha mãe. Mamãe (com papai, naturalmente, que sempre se opôs à prática) me presenteou com o amor.

---

60 *Saacad*: nome de uma das tribos somalis. [N. A.]

Lembro-me de que, quando eu era pequena e minha mãe me deixou sozinha na Somália com minhas tias, corri algum perigo. Lembro-me de que alguém mencionou uma picada: "Igiaba, vamos te dar uma picadinha bem ali. Você não vai sentir dor". Eu estava muito preparada sobre aquela questão. Dizia simplesmente: "Dói. Mamãe não quer." Eram os anos de 1980. Havia uma campanha contra a infibulação até mesmo no governo de Siad Barre, que, como todos os ditadores, comprava certas batalhas sociais para criar consenso, um pouco como Mussolini com a drenagem da região Agro Pontina.[61] Mas muitos dos que o governo convenceu com aquela campanha contra a infibulação eram cultos e preparados. A opinião pública somali estava mudando de ideia sobre as mutilações, que finalmente eram consideradas algo errado. "Mamãe não quer" foi a couraça que me defendeu. A vontade de minha mãe, sua experiência da dor, permitiram-me ser uma mulher completa, com todos os órgãos no lugar certo. Eis porque eu me sinto um mapa de minha mãe. Ela me desenhou inteira, sem omissões nem "cortes".

Após essa prática, mamãe teve de desenhar novamente seu mapa pela primeira vez. A segunda vez foi quando a obrigaram a deixar a mata para ir à cidade. A terceira, quando teve de deixar o seu país para ir a uma terra estrangeira.

---

61 *Agro Pontina* refere-se aqui a uma importante obra de saneamento realizada na época do fascismo na região do Lácio, no pântano da região Pontina, onde foi fundada a cidade de Littoria, atualmente Latina. Essa obra de drenagem se enquadrava nos planos de trabalho de utilidade pública de Mussolini com o objetivo de melhorar as condições de vida da população, proporcionar maiores investimentos em mão de obra e demonstrar a capacidade de realização do regime. [N.A.]

A segunda vez não foi fácil, como se pode imaginar. No fundo, trata-se do mesmo país. O que quer que seja, mudam-se poucos quilômetros. Mas para minha mãe foi uma mudança radical. Um terremoto levou-a a mudar tudo na sua existência; até as palavras e os gestos assumiram um sabor novo. Em Mogadíscio, onde morava num primeiro momento com as irmãs e depois com meu pai, que conheceu por acaso numa festa, não precisava procurar um pasto, não se perdia na chuva. A casa era uma só, sempre a mesma. O endereço entrava pela primeira vez na vida da minha mãe de forma tão evidente que a deixava atônita. Começava a possuir coisas demais, ela que andava tão leve pelo mundo. Tornou-se parte de um bairro, começou a ter alguns vizinhos. Não vivia-se mais numa tribo, mas num grupo heterogêneo de desconhecidos. Não havia mais animais para tratar, não havia mais o medo das hienas. A cidade tinha animais diferentes, ritmos diferentes. E mesmo aqueles aos quais ela estava acostumada, como as vacas, as cabras, os camelos, transitavam pelas ruas de um jeito indiferente. Mamãe entendeu imediatamente que toda cumplicidade com os animais estava perdida. Agora, na cidade, ela era irremediavelmente outra. Não havia mais a natureza. Nessa primeira fase, ela até conseguiu estudar. Frequentou um ano do ensino fundamental. Foi aqui que ela aprendeu a ler um pouco. Havia uma freira que se chamava Agnese ou Angela que nutria simpatia por ela. Ensinou-lhe até a tocar algumas notinhas no piano. Mas depois a escola foi considerada um luxo excessivo. Mamãe precisava ajudar as irmãs. Não podia estudar como queria. Agora, os Jamas estavam sozinhos no mundo. Os pais apagaram-se lentamente. Minha mãe começou a trabalhar, por muito tempo foi telefonista. Hoje em dia, diríamos "funcionária de um *call center*", mas, na época, a palavra telefonista desenhava outro mundo. Posso vê-la, mamãe, colocando e tirando os fios com aquele jeito de fazer compulsivo. Elas, as telefonistas, administravam todo o tráfego telefônico da cidade de Mogadíscio; eram moças bonitas e muito paqueradas.

Minha mãe sempre foi bonita. Às vezes, lamenta-se por sua beleza perdida. Eu lhe digo sempre que agora sua beleza é diferente, mas é sempre beleza. Quando jovem, porém, ela era mesmo de fazer perder a cabeça. Quando me fala daquele período, mamãe me fala sempre dos seus sonhos. Para ela, o maior de todos, era estudar. Já sentia-se sortuda por saber ler. Mas nunca tentou, realmente, escrever, sempre deu de ombros dizendo: "Agora já é tarde". Matutei muito sobre o não saber escrever de minha mãe. Quando eu era pequena, aquilo me fazia sofrer um pouco, confesso. Não o dizia a ninguém e sentia um pouco de vergonha. Perguntava-me porque essa mulher tão inteligente, essa mulher sempre bem informada, não sabia escrever. Me perguntava isso toda vez que eu precisava preencher o formulário para renovar seu visto ou assinar a receita médica no hospital. Eu fazia um grande X e ela traçava devagarzinho o H daquilo que havia se tornado o sobrenome em seus documentos.

Em nossos documentos somalis, os nomes foram reduzidos, trocados, omitidos. Não sei como se deu. Na Somália, o sobrenome é o nome do seu pai, o sobrenome do seu pai é o nome do pai dele. O nome é formado por uma cadeia infinita de antepassados. Eu em vez de ser Igiaba Alí Omar Scego, fiquei Igiaba Scego, minha mãe em vez de ser Khadigia Jama Hussein ficou Kadija Hussein. Meu pai teve mais sorte do que nós. Ficou com o seu sobrenome originário, sempre foi Alí Omar Scego. Mas com as migrações acontece que perdemos algo da gente. Talvez minha mãe tenha se obstinado a não escrever para não perder sua cultura nômade, sua cultura oral, que ela me transmitiu. Eu nunca considerei minha mãe ignorante porque não sabe escrever, apesar dos embaraços que aquilo me provocava. Ela é a pessoa menos ignorante que eu conheço. Sabe praticamente tudo de política internacional. Dos Sovietes a Carter, do primeiro governo de De Gasperi[62] à confusão das identidades dos nossos dias de hoje. De Malcolm X, Mandela, Obama, ela conhece a história como uma crônica minuto a minuto. Sempre leu jornais e revistas. Já com os livros ela tem uma relação ambivalente. Minha mãe nunca me leu um livro inteiro. Não por má vontade ou preguiça. Mas ela nunca gostou da obrigação de estar colada à página. Minha mãe abre os livros na metade. Lê um pouco, depois vai para trás, então um pouco para a frente, até voltar à primeira página. Por isso, o único livro que ela realmente leu foi o Alcorão. O árabe, a língua do Alcorão, ela nunca aprendeu. Mas aprendeu a lê-lo como autodidata. Não entende as palavras, como acontece com a maior parte dos muçulmanos não arabófonos, mas o som a tranquiliza. Faz com que ela se sinta num mundo melhor. Às vezes, alguns signos da língua árabe a confundem. Mas depois ela retoma e, apesar da sua leitura aproximativa, o Alcorão consegue lhe trazer uma paz que nada nem ninguém nunca lhe trouxe. Ela não lê os outros livros. Nem mesmo os meus. Mas já aprendi a rir disso. Entre meus leitores, falta minha mãe. Quando há um trecho

62 Vide nota 40.

em um texto que aprecio muito, vou lá e leio-o inteirinho para ela. E sempre sinto um pouco de vergonha. Ela me olha com um grande sorriso e me dá um tapinha nas costas. Depois, às vezes meses mais tarde, chega a crítica. Mas aquele tapinha me deixa feliz. É realmente verdadeiro aquele ditado islâmico que diz que *al-jannatu tahta aqdam il-ummahat*, ou seja, que o paraíso está embaixo dos pés das mães. Sim, lá é o paraíso. Não poderia estar em outro lugar.

4 A estela de Axum

Hoje nesse lugar não há nada. Há o nada. Avanço cega por esse abismo. Para não perder o ânimo, os carros dão voltas em torno daquele vazio. Todas as vezes que passo por lá, penso que esse lugar merece ser preenchido de sentidos. Mas as buzinas ressoam altas e talvez seja tarde demais para remediar. A Piazza di Porta Capena em Roma não está entre as praças mais conhecidas da cidade. É quase uma confluência obrigatória, quase não a notamos por estarmos tão tomados pelo trânsito diário. No centro dessa praça, há não muito tempo, havia uma estela. Agora devolvida aos seus proprietários legítimos. Este monumento vinha de longe, vinha da Etiópia que Benito Mussolini tentou dobrar, nos anos 1930 do século passado, com sua arrogância itálica. A estela, conhecida como estela de Axum,[63] erguia-se majestosa no centro da praça onde fora colocada, após ser saqueada como botim no dia 28 de outubro de 1937. Mas a estela não estava feliz de estar naquele lugar. Os italianos tinham-na arrancado da sua terra. Tinham-na estuprado, tinham-na encerrado. Estava, de fato, numa prisão política. Forçada contra sua vontade a servir um patrão rude e arrogante. Pobre estela, ela que estava habituada a servir outro tipo de patrões, devia agora dobrar-se a Benito Mussolini e aos seus caprichos imperiais.

Anos mais tarde, quando a estela pôde voltar à sua casa, houve uma grande festa. Os gritos agudos das mulheres de Tigray[64], misturados aos agudos das trombas, deram o bem-

---

63 Estela de Axum: a estela é um elemento de pedra ou mármore entalhado verticalmente com inscrições e ornamentos em relevo, com valor votivo ou comemorativo. Axum é a antiga capital do reino etíope. [N. A.]

64 Tigray: região do norte da Etiópia. [N. A.]

-vindo de volta a essa exilada de luxo. A estela estava finalmente livre e era visível. Disseram-me que as pessoas ficaram sem fôlego quando a tela que a encobria caiu. As trinta mil pessoas que se apresentaram para o evento seguraram o fôlego, todas juntas.
No mapa desenho um círculo. Dentro o círculo o silêncio. O testemunho mais belo. A melhor festa.

Reza a lenda que a primeira dona da estela de Axum foi a mítica rainha de Sabá.

A rainha é conhecida pelos árabes com o bendito nome Bilqis, nome que os iemenitas,[65] porém, pronunciam Balkama. Para os etíopes, ela é simplesmente Makeda. Sim, é preciso imaginar essa mulher nascida há alguns milhões de anos na África oriental. A rainha era negra e bela. Súdita de Deus e das estrelas. Dona do seu ventre e das nossas vidas.

A rainha de Sabá é descrita como uma mulher repleta de sabedoria e sagacidade. Sua história se equilibra entre a lenda e a realidade, na fronteira entre o sonho e a vigília. Seu mito é preservado numa área vasta que vai da África oriental ao Iêmen. Era pouco mais do que uma criança quando começou a viagem que a levaria ao reino de Salomão em busca de conhecimento. Do que nos foi transmitido, é possível até conhecer o seu rosto. A rainha de Sabá tinha olhos enormes, vívidos como os de uma antílope apaixonada. Os cílios eram como adagas, as pupilas, pérolas de fogo. Se lançara numa viagem rumo a Jerusalém. Ouvira dizer que, naquela cidade distante, reinava o poderoso rei Salomão,

---

65 Iemenitas: população do Iêmen, país localizado do sul da península árabe. [N. A.]

o homem mais sábio da Terra. O rei conhecia a língua dos pássaros e dos abismos, a dos homens e a das criaturas celestiais. Por isso, Makeda queria submeter a ele alguns enigmas. Estava lá para sondar aquelas habilidades tão evidentes. Naturalmente, ficou muito fascinada por aquele rei tão sábio quanto belo. Sua viagem deixou muitos vestígios no imaginário coletivo, é mencionada no Talmud hebraico, em várias passagens da Bíblia, no Alcorão e, claro, no *Kebra Nagast*, *A glória do rei*, o livro mais importante do império etíope.

A rainha era muito ligada à sua terra, a Etiópia. Apesar do amor pelo rei Salomão e a admiração pela sua sabedoria, ela decidiu voltar à sua casa, para a sua gente. A bela rainha teve que percorrer uma longa estrada, uma estrada que, de Jerusalém, levou-a até as portas do mundo antigo. E é aqui que entra em cena a estela de Axum. A lenda reza que a rainha, cansada da viagem, repousou sob essa estela. Carregava no ventre o filho[66] do rei Salomão, e a estela foi a primeira a saber a boa nova.

Oh estela, quantas coisas vocês já viu na sua vida? Quantas histórias poderia contar-nos?

Esse monumento foi considerado erroneamente um obelisco.[67] Em todos os guias turísticos de Roma, estava sinalizado como tal. Na verdade, era e ainda é uma co-

---

66 Segundo a tradição etíope, a rainha de Sabá teve um filho com Salomão e seu nome era Menelik, chefe da dinastia imperial abissínia. [N. A.]

67 Obelisco: monumento do antigo Egito, depois imitado na Etiópia, de forma quadrangular, longa e fina cuja terminação é em forma de ponta piramidal. Representa um símbolo solar e nas quatro faces há inscrições referentes a soberanos e divindades. [N. A.]

luna sepulcral de vinte e quatro metros, fixada diretamente no chão da Piazza di Porta Capena. O colosso é um dos mais altos exemplos da arte axumita que ainda está de pé. Tem a venerável idade de dois mil anos.

Na história recente, o monumento esteve no centro de disputas sem fim. Após o final da segunda guerra mundial, a Itália, já liberta do fascismo, aceitara (da boca pra fora) devolver o monumento aos legítimos proprietários etíopes. O botim devia ser devolvido, as leis do mundo eram claras. Porém, ano após ano, os italianos encontravam impedimentos fantasiosos para não cumprir aquela obrigação. Isso se arrastou até o ano de 2002. Em maio daquele ano, um relâmpago atingiu a estela. O que acendeu discussões animadas sobre aquela ser a oportunidade para devolver o monumento. No dia 7 de novembro de 2002, a estela foi retirada da Piazza di Porta Capena. Isso naturalmente encrespou as polêmicas. Mas a estela sobreviveu. Voltou para a sua casa. E nós? O que fizemos para preencher o vazio da praça?

O vazio é culpado, o vazio parece carregado de ódio. Mas é possível transformar o ódio? Talvez em amor? Ou mesmo só em consciência?

Na minha pequena esfera, na minha geografia pessoal, a Piazza di Porta Capena está ligada ao rosto de dois homens, às suas histórias, aos legados indiretos que me deixaram, mesmo sem sabê-lo.

O primeiro chamava-se Omar Scego, meu avô. O segundo chamava-se Osman Omar Scego, meu tio. Deles, só vi fotografias em preto e branco. A mesma testa larga, o mesmo olhar seguro. A praça com o seu vazio, órfã da estela, sempre me lembrou a essência deles na minha vida. Mas também a sua forte presença. Morreram antes do meu nascimento. Morreram quando a ideia de eu vir a existir ainda nem pairava no ar. Nos conhecemos por aquelas fotos em preto e branco. Eu e eles unidos por uma foto, pelo clique de uma máquina fotográfica de outros tempos. Desde pequena, os rostos fixos deles em meus olhos foram o mais belo e possível ato de amor.

Quando dei pela existência deles, era o ano de 1978. Vivíamos numa pensão em Balduina,[68] uma área conservadora da cidade de Roma. Eu, meu pai e principalmente minha mãe, com seu véu islâmico, éramos considerados extraterrestres. Todos nos olhavam e apontavam o dedo, como se faz no zoológico em frente à jaula do leão. Eu era filha de um casal diferente. Um ex-político que tinha participado da construção histórica do seu país e uma mulher que nunca renegou sua cultura nômade. Eu era fruto do encontro entre pessoas diferentes, entre um sedentário da cidade marítima e uma nômade da savana oriental. Lembro-me de que, naquele cômodo minúsculo da pensão na Balduina, havia muitas coisas, todas muito misteriosas. Sentia-me atraída especialmente pelas fotos pregadas na parede do meio. Um senhor quase branco com o turbante, uma senhora negra com um rosto imponente e um véu na cabeça, um jovem de blazer e gravata e com ar elegante. Eram meus avós Omar e Auralla e o meu tio Osman.

Os três nos deixaram para ir para um plano melhor, diziam-me.

---

68 Balduina é uma área urbana do município de Roma pertencente ao bairro Trionfale. Está situada no lado sul de Monte Mario e, com os seus 139 metros de altura, é o ponto mais alto de Roma. [N. T.]

Omar Scego, meu avô, era quase branco. E isso me impressionou imediatamente vendo os seus retratos. Eu sou escura. Tenho as cores da linha do Equador. E danço alegre na arquitetura da minha cor africana. Aquela brancura me deixava um pouco sem chão, admito. Eu não conseguia associá-lo a mim. Claro, o papai era menos escuro do que a mamãe, mas o vovô era realmente muito branco, branco demais. Mais do que os árabes, mais do que os italianos do sul. Se ninguém tivesse me falado dele, eu acharia que ele era um iraniano ou português colonizador, um daqueles do final do século xv que chegaram a Brava com Vasco da Gama. Sempre me perguntei se em meu sangue, além da África, também corria o sangue dos portugueses. Talvez eu também pudesse dizer, como Malcolm X: "Aprendi a odiar cada gota de sangue daquele estuprador branco que está em mim". Talvez alguma antepassada minha tenha sido raptada de forma insidiosa em alguma praia da cidade. Ultrajada, sem mais nenhuma lembrança feliz. Talvez fosse pequena, talvez pequena demais para merecer um destino tão adverso. Ou talvez alguma antepassada minha tenha simplesmente se apaixonado por um branco. Uma pequena e frágil garota do mar perdida nos olhos da floresta, olhos que haviam suplantado as ondas e sido ninados pelos cantos das mulheres de Lisboa. Um marinheiro, só pode ter sido um marinheiro quem a fecundou, mais ninguém. Um homem que tem uma mulher em cada porto. Um homem acostumado aos abandonos, a navegar navios que não voltarão mais.

 Olho novamente a foto do meu avô. O branco da sua pele me impôs todas essas questões irresolúveis. O branco daquela pele punha em xeque a construção que eu fizera da minha orgulhosa identidade africana.

Ninguém é puro nesse mundo. Nunca somos só negros ou só brancos. Somos o fruto de um encontro e de um afrontamento. Somos uma encruzilhada, pontos de passagem, pontes. Somos móveis. E podemos voar com as asas escondidas nas dobras das nossas almas celestiais.

A foto mais linda que tenho do vovô é uma de turbante. Parece ter saído da corte de Harun Al Rashid. Um verdadeiro personagem d'*As Mil e Uma Noites*. O turbante era branco, enrolado na cabeça como certos brâmanes[69] da região de Benares sabem fazer. Também a *djellaba*, a túnica árabe, era clara. Bordada com refinamento. Aquelas cores exaltavam a palidez geral do rosto dele e seus olhos eram de um negro intenso e remetiam a tempos ancestrais nunca vividos. Olhando aquela foto, era fácil confundi-lo com um rei ou algo do tipo. Emanava nobreza. E aptidão ao poder, um dos traços de sua personalidade complexa. Era uma pessoa rígida, o vovô, pelo menos era o que diziam as lendas familiares.

Eu não era a única que temia aquela pele branca. A vovó também teve medo. Recusara-se a casar com ele. O casamento deles foi arranjado. Minha avó era uma mulher escura do norte. Sentiu terror quando viu a cor da pele do meu avô. "Por que querem me entregar a esse estrangeiro? A esse infiel? Da sua boca saem sons estranhos. Ele fala a língua do diabo." Naturalmente, era o italiano.

Vovó não entendia como um somali podia ter a pele tão clara. Estava sem chão. Na noite em que celebraram o casamento, ela conseguiu escapar de fininho e sair. Tentou se refugiar com alguns parentes que vi-

---

69 Brâmanes: membros da casta mais elevada na Índia. Os brâmines exercem funções sacerdotais, podem também celebrar rituais religiosos. [N. A.]

viam fora da jurisdição italiana. Meu avô disse: "Ela vai mudar de ideia e então eu vou pegá-la de volta". Tinha paciência. Dois anos depois, quando também aquele território passou a ser parte da jurisdição italiana, apresentou-se aos parentes que tinham dado refúgio a ela. "Vim buscar de volta minha legítima consorte." A vovó olhou para ele e disse: "Ah, então você não fala só a língua do diabo. Se assim for, serei sua esposa".

Sempre ouvi mil anedotas sobre o vovô, não só essa. Era um homem que se fez pelas próprias mãos, um *self made man*. Uma pessoa que pedia pouco e que arregaçava as mangas para conquistar seus objetivos. Era um homem forte. Hoje diríamos também que era um homem de antigamente. Pelos relatos que chegaram até mim, transparece sempre o seu desejo pela ordem. Era, de fato, um homem meticuloso, preciso, matemático. Fizera-se sozinho. Em todos os sentidos. Também fizera algumas escolhas radicais, porém com a índole de um aventureiro comedido. Era esperto e entendia rapidamente as novidades do mundo que o circundava. Aprendeu a falar italiano rapidamente. Não foi à escola nem fez cursos, simplesmente respirava o ar ao seu redor. E esse ar falava bravanês,[70] língua da *terra natia*, o somali, língua franca,[71] e o italiano, língua dos patrões. Naquele período, os italia-

---

70 Bravanês: refere-se à língua da cidade de Barawa na Somália. Além dos núcleos de permanência bantu, há outros grupos que residem mais ao norte e são conhecidos como "os libertos do rio". A população da cidade de Barawa (em italiano: Brava) ainda hoje fala o bravanês, que é uma língua bantu e existe como enclave linguístico em pleno território somali. [N.T.]

71 Língua franca: língua mista e simplificada, usada para auxiliar a comunicação entre grupos que pertencem a comunidades linguísticas distintas, mas que estão frequentemente em contato. [N.A.]

nos tentavam consolidar seus territórios no antigo Reino de Punt (assim era chamada a Somália pelos antigos egípcios) e logo tiraram proveito dos serviços que a população local poderia oferecer para que conseguissem realizar seus objetivos. Muitos foram recrutados como soldados. Eritreus e somalis tornaram-se áscaros,[72] e com eles se fez uma intensa propaganda fascista sobre a qual se apoiou quase toda a retórica colonial. Pobres áscaros! A triste verdade dos fatos é que não eram nada além de bucha de canhão que os italianos colocavam para combater em primeira linha. E eram soldados crianças. Eram recrutados com treze anos e envelheciam na escravidão. O vovô também foi logo levado para trabalhar para os italianos. Mas o destino dele não era ser bucha de canhão. Era um garoto esperto, tinha aprendido a língua e isso, de alguma forma, o salvou. Os intérpretes eram escassos e alguém tão esperto era raro de encontrar. Foi imediatamente colocado para traduzir. Não sei bem do seu trabalho com os italianos, mas sei que em certa altura da sua vida tornou-se intérprete do hierarca fascista Rodolfo Graziani.[73] Hoje poucos se lembram de Graziani, mas foi um dos homens mais ferozes do fascismo. Na África, cometeu massacres brutais e inenarráveis. Foi um militar de carreira que conseguiu o alto grau de marechal da Itália graças ao fascismo. Não será lembrado pela sua genialidade militar, mas pela crueldade dos seus métodos. Destacou-se pelas suas

---

72 Soldados da Somália oriental que se enquadravam como parte da tropa italiana na época da guerra colonial. [N.T.]

73 Rodolfo Graziani: general italiano especialista em guerras coloniais (1882-1955), atuou com impiedade na conquista da Líbia (1921-1931) e durante a guerra da Etiópia (1935-1936). Em 1935, foi nomeado governador da Somália. [N.A.]

guerras ferozes de repressão. O sangue goteja das suas mãos, e não é só uma força de expressão. Muito desse sangue é de africanos e africanas. Rodolfo Graziani tocou o solo africano pela primeira vez em 1908, na véspera da primeira guerra mundial. Naquela ocasião, havia até aprendido algumas noções rudimentares de línguas locais que lhe serviriam durante a guerra de agressão à Etiópia, desejada por Mussolini. Mas foi na Líbia, em 1921, que Graziani se apresentou tristemente pela primeira vez. A Líbia era formalmente colônia italiana, mas grande parte do território líbio estava nas mãos dos *partisans* encabeçados por Omar al Mukhtar,[74] um religioso senussita.[75] Graziani foi impiedoso. Para dobrar a Líbia, decidiu literalmente dobrar o seu povo. Recorreu a sistemas selvagens contra as tribos. Entre tantas atrocidades, a mais terrível era a transferência forçada para os campos de concentração. Mulheres, crianças, jovens, velhos eram raptados, brutalizados, espancados e tinham seus animais sacrificados. Os restantes eram premiados com fuzilamentos e enforcamentos em massa. Anos depois, em 1936, a mesma coisa ocorreu novamente, ainda que com outra modalidade, na Etiópia. Para dobrar a população etíope, que resistia à Itália fascista, foram usadas as mesmas torturas, os mesmos campos de concentração, as mesmas execuções sumárias de 1921. Na

---

74 Omar al Mukhtar: religioso e guerrilheiro líbio (1861-1931), considerado herói da pátria e da causa árabe por liderar a resistência anticolonial contra os italianos nos anos de 1920. [N.A.]

75 Senussi ou Sanussi: ordem político-religiosa sufista muçulmana e tribo situada entre a Líbia e a região do Sudão fundada em 1837 pelo Grão-Senussi, Said Mohammed Ibn Ali Senussi. Senussi se preocupava com o declínio do pensamento islâmico e da espiritualidade, assim como com o enfraquecimento da integridade política muçulmana. [N.T.]

guerra pelo império mussoliniano, Rodolfo Graziani, junto a Badoglio,[76] usou armas químicas estritamente proibidas pela Convenção de Genebra.[77] Mas Graziani pouco se importava com as convenções e os direitos humanos. Basta pensar no que fez na Etiópia quando Mussolini o nomeou governador daquele território no final da guerra. Após um atentado fracassado[78] contra a sua pessoa, Rodolfo Graziani, como represália, ordenou a destruição de bairros inteiros da capital Addis Abeba. Mandava matar qualquer um que caía na sua mira: mulheres, crianças, jovens, velhos. Milhares de pessoas morreram naqueles massacres. Muitos eram contadores de história. Graziani considerava os poetas culpados de incitar a população contra ele. Atingia assim especialmente a parte da população que trabalhava pela paz, justamente os poetas e os religiosos. Um dos massacres mais brutais no pós-atentado foi, de fato, contra os religiosos: o massacre da comuni-

---

76 Badoglio: marechal italiano (1871-1956), Pietro Badoglio conduziu a campanha vitoriosa na Etiópia (1935-1936) e obteve o título de vice-rei da Etiópia. Demitiu-se durante a segunda guerra mundial após o insucesso na Grécia. Após a prisão de Mussolini (25 de julho de 1943), foi convocado pelo rei para formar o governo e negociou o armistício com os anglo-americanos (1943). [N.A.]

77 Convenção de Genebra: convenção assinada em Genebra no dia 17 de junho de 1925 que, entre outras coisas, regulamenta o tratamento dos prisioneiros de guerra e proíbe de uso de armas químicas. [N.A.]

78 Nove granadas estouraram em Addis Abeba no dia 19 de fevereiro de 1937 durante a cerimônia pelo nascimento do príncipe Vittorio Emanuele di Savoia, herdeiro do trono italiano. Quatro cidadãos italianos e três autóctones morreram no atentado, que também fez vários feridos, entre eles o próprio Graziani. [N.A.]

dade copta de Debra Líbanos[79] ainda é lembrado como um dos piores ocorridos na região.

Então o meu avô era fascista?
Ou melhor, conivente com o fascismo? Era culpado pelos crimes que traduzia?
São perguntas que me fiz muitíssimas vezes.
Ou talvez o vovô fosse como Wangrin, o protagonista do romance *L'étrange destin de Wangrin* de Amadou Hampâté Bâ?[80] Um sujeito que, graças à sua inteligência e astúcia, além de certa falta de vergonha na cara, fazia chacota de todos os poderosos? Tanto dos brancos colonizadores quanto dos negros coniventes? Uma coisa era certa: o vovô entendera que traduzir era a chave para conseguir sobreviver naquele país

---

[79] Debra Líbanos: comunidade copta egípcia que permaneceu cristã após a conquista árabe (641), cuja igreja segue o monofisismo, a doutrina que reconhece só a natureza divina de Cristo, e tem como língua litúrgica o copta, evolução do antigo egípcio. Debra Líbano é uma cidade e um convento da Etiópia onde surgiu o monastério fundado pelo monge Teciè Haimonót no século XIII. O massacre dos religiosos foi ordenado em maio de 1937 por Graziano ("Passem nas armas todos os monges sem fazer distinção alguma, inclusive o vice-prior"), que se convencera de que os religiosos teriam dado refúgio aos organizadores do atentado. [N. A.]

[80] *L'étrange destin de Wangrin*: título, na língua original, do romance conhecido em italiano como *L'interprete briccone* (algo como "O intérprete patife"). A história floreia as aventuras de um amigo do autor, figura ambivalente, aventureiro sem escrúpulos que vive na África ocidental francesa no início do século XX. O autor, Amadou Hampâté Bâ era o escritor, filósofo, antropólogo e diplomata africano nascido num vilarejo de Mali no ano de 1900 que entrou para a administração colonial francesa e logo saiu e colaborou com instituições culturais e fundações internacionais. [N. T. a partir da N. A.]

subjugado. Certamente entendia os brancos e os negros melhor do que qualquer outra pessoa. Não era fácil se equilibrar entre exploradores e explorados.

Quando meu pai fala do pai dele, percebe-se uma grande admiração. "Era como uma ponte suspensa entre dois mundos", dizia sempre. "Às vezes, sentia-me tão fascinado pela mudança de língua que eu o olhava por horas como quem olha uma estátua de marfim. Ouvia os brancos falarem, especialmente Graziani, por horas, e não entendia nada. Depois chegava ele, meu pai, e tudo se esclarecia." As palavras que o vovô tinha que traduzir eram, em certos momentos, bastante duras. Meu pai sempre me disse que era terrível vê-lo esbravejar. Vovô sempre foi alguém que colocava não apenas a voz mas também a alma em tudo o que traduzia. Tentava usar o mesmo tom e ser fiel ao original, mesmo tratando-se de um hierarca fascista. "Rodolfo Graziani era um homem terrível, sanguinário, não se submetia a regra alguma, e os direitos humanos eram a coisa mais distante possível dele", disse-me meu pai uma vez, "mas para mim, sei que é terrível dizê-lo, era só o homem que me trazia balas. Eu e seu tio Abukar recebíamos dele tantas balas e às vezes até um cafuné." O vovô também levava alguns dos seus filhos nas cerimônias oficiais. Meu pai lembra-se particularmente de uma ocasião: "Papai nos disse: 'Quando virem o rei, prestem atenção, inclinem-se como lhes ensinei', e nos mostrou como se deveria reverenciar o rei. Nós estávamos prontos na residência e esperávamos eufóricos a chegada do rei italiano. Sabíamos tudo a respeito dele. Sabíamos especialmente quanto poder tinha em suas mãos, o rei. Imaginávamos um poder de dez sacos de ouro e 190 camelos. Para um somali, ter um camelo correspondia a ter poder. Papai não nos tinha mostrado a cara do rei. Nos disse somente: "Reconhece-se imediatamente, é o mais esplendoroso". Pena que para nós todos pareciam esplendorosos. Todos carregavam quilos de medalhas no peito e uniformes brancos. Para não errar, Abukar e eu nos inclinamos para todos. Era um mais esplendoroso do que o outro. Um mais deslumbrante do que o outro. Um mais imenso do que o outro. Quebramos as costas de tantas reverências. Imaginávamos que o rei fosse altíssimo. Mas pelo contrário..." Pelo contrário, o rei Vittorio Emanuele III[81] era baixinho. Um pouco mais alto do que um palmo, tanto que na corte havia quem (claro que em voz baixa) o chamasse irreverentemente de "sabrico[82]". Havia fofocas sobre os Savóia. A fofoca dizia que seu avô, Vittorio Emanuele II[83] (ele também um tampinha), era filho não do altíssimo Carlo Alberto, mas de um açougueiro. O verdadeiro Vittorio, reza a lenda, teria morrido num incêndio com a babá e foi substituído rapidamente. Verdade ou lenda? A única certeza é que, na presença de Vittorio Emanuele III, meu pai e o tio Abukar tiveram algumas dúvidas. "Não sabíamos o que fazer diante daquele coiso baixo e engraçado.

---

81 Vittorio Emanuele III: filho de Umberto I de Savóia e Margherita de Savóia, foi rei da Itália entre 1900 e 1946, imperador da Etiópia entre 1936 e 1943 e rei da Albânia entre 1939 e 1943. Apoiou a intervenção italiana na primeira guerra mundial, mas não exerceu o comando militar. Tolerou que o fascismo tomasse o poder e se instaurasse a ditadura, apoiando as iniciativas de Mussolini. [N.A.]
82 Em italiano "sciaboletta" pequeno sabre. [N.T.]
83 Vittorio Emanuele II, rei da Sardenha (1849-1861) e primeiro rei da Itália (1861-1878). Conhecido com o "rei cavalheiro" porque não revogou o estatuto albertino promulgado por seu pai, Carlo Alberto. Interveio muitas vezes na política interna, substituindo Cavour e apoiando, após a sua morte, governos de direita. [N.A.] Camilo Benso, Conde de Cavour (1810-1861) foi um estadista piemontês, líder agricultor, financeiro e industrial e político italiano que ocupou o cargo de primeiro ministro do Reino de Itália entre 23 de março de 1861 e 6 de junho de 1861. [N.T.]

Era curto demais. Menos esplendoroso, se comparado aos homens que haviam desfilado antes dele. Não sabíamos o que fazer. Não nos parecia um rei. Então Abukar e eu olhamos nos olhos um do outro e decidimos não nos inclinar. Estávamos cansados de tantas reverências. Mais tarde, em casa, papai nos deu uma grande bronca. Mas quem poderia imaginar um rei tão baixo?"

O vovô também esteve entre os promotores da independência e ministro do primeiro governo somali. Uma figura muito admirada no panorama político do país. Induziu os filhos à luta contra aquele colonialismo que ele tinha sido forçado a servir.

Às vezes, a parábola da carreira humana e política do meu avô me deixa sem fôlego. Estava com o fascismo e contra o fascismo. Estava dentro e estava fora. Era vítima e era algoz. Meu avô, de alguma maneira, encarnava o que Gloria Anzaldúa,[84] escritora chicana que venero, chamava *herida abierta*, ferida aberta. Vovô também foi uma ferida aberta na qual o terceiro mundo se debate com o primeiro e sangra. Carrego essa ferida na minha caixa torácica.

Na Somália democrática, vovô tornou-se um homem influente. Empenhou-se pessoalmente, assumindo cargos, e também indiretamente, como conselheiro. Ele, que conheceu o mal de perto, sempre tentou explicá-lo aos outros.

Há outra ferida que carrego por dentro. Uma ferida também não vivida. Uma ferida que provém de uma ausência, como o vazio da Piazza di Porta Capena. Uma punhalada dada numa parte ensolarada

---

84 Glória Anzaldúa: poeta e pensadora chicana (1942-2004), cantou a vida dos homens na fronteira entre o México e os EUA e usou sua escrita para criar uma ponte entre línguas e culturas distintas. [N. A.]

num homem que ainda teria toda a vida diante de si. Aquele homem ferido à morte era meu tio.

Meu tio também me observava de uma fotografia.

Quando mamãe fala dele, diz: *"Hoog, balaayo, musiibo, kasaro, qalalaas".* Palavras que, traduzidas, carregam o peso da tragédia. Todas significam "desastre". E aperta-me o peito todas as vezes que as ouço.

Minha mãe diz com frequência: "O dia em que Osman nos deixou, começou a catástrofe".

Mamãe não diz catástrofe em italiano. Usa o somali. E todas as vezes, aquelas palavras me parecem uma pedra dura.

Duras palavras, como quinas afiadas feito lâminas. Doíam nos ouvidos. Davam medo. Sentia nelas tanta injustiça. A cimitarra da história despedaçava-me e eu me sentia pequena, impotente e vagamente inútil.

Hoog, balaayo, musiibo, kasaro, qalalaas.

A canção dos meus terrores.

Só anos mais tarde eu entendi quão afiadas eram as lâminas daquelas palavras. Só mais tarde contaram-me que a catástrofe, o exílio, os problemas, todos os insultos que eu tinha que aguentar na escola, na Itália, de preta suja à *faccetta nera*,[85] haviam começado com o assassinato do meu tio.

Ele descera do carro e não ostentava o rosto sorridente de sempre, Osman. No começo, ninguém havia percebido nada. Ninguém havia visto o rastro de sangue que o seguia como uma sombra. Depois, todos

---

[85] *Faccetta nera*: refere-se à canção escrita em 1935, no período fascista, alusiva à população africana, especialmente a etíope. O conhecido refrão diz: "Faccetta nera, bela abissínia/ espera e tenha esperança que hora se aproxima!/ Quando estivermos contigo/ te daremos outra lei e outro rei". [N. A.]

viram-no oscilar. Cambaleava como certos bêbados, um daqueles que se viam só tarde da noite em Buur-Karoole no bairro de Xamar ja-jab, ao leste de Mogadíscio. Tia Faduma, irmã de minha mãe, era uma das pessoas que o viu cambalear. Era seu plantão no hospital, ela era obstetra, e foi uma das primeiras a ver meu tio ferido de morte. Depois, não sei o que houve. Os relatos ficam confusos. A única coisa certa é que o tio Osman morreu logo após sua chegada ao hospital. Tinha quarenta e dois anos, estava no auge da vida e da carreira. Todos dizem que ele estava destinado a grandes feitos, talvez até a governar a Somália. Ele estava sozinho quando foi esfaqueado. Seu motorista tinha se afastado para beber algo ou para ir mijar. O assassino aproveitou-se daquele movimento, daquela distração. Daquela urgência humana. Um motorista devotado, sempre pronto ao dever, que teve um só momento de distração em sua vida, um momento fatal (e nunca irá se perdoar por isso). Naqueles poucos segundos, o assassino teve o tempo de afundar a lâmina no corpo do meu tio. Fincou-a com profundidade, com crueldade. Meu tio, mesmo ferido de morte, não se rendeu à evidência daquele fato ultrajante. Lutou até o último momento. Tinha um temperamento forte e não se deixou abater pela dor imensa que se abatia sobre o seu corpo. Conseguiu dirigir até o hospital em busca de alguém que pudesse ajudá-lo. Sua filha, que na época era muito nova, diz que se lembra das manchas de sangue no carro. "Eu vi o carro com o sangue do papai." Eu acredito nela. As crianças lembram de tudo, pescam as coisas no ar, não é possível esconder nada de uma criança. Daquele tio que nunca conheci, eu vi a foto que tínhamos em casa. Reinava com a do vovô na sala de todas as casas em que vivemos. Fronte ampla, olhar orgulhoso e uma pitada de criatividade. Entre todas as fotos, a dele era a que eu mais gostava: tinha o rosto de um amigo, de alguém pronto para brincar com você, feliz de pegá-lo no colo. Minha mãe admirava muito o cunhado. Disse-me muitas vezes, e ainda diz: "A decadência da nossa família começou com a morte dele". Mamãe usa essa palavra que todas as vezes me gela o sangue, ela diz "decadência" (ou catástrofe) e o significado me deixa sem fôlego. Quase não quero acreditar. "Decadência?" balbucio. E ela repete o conceito e não aceita respostas. Decaímos? Falimos? Nos perdemos? Nas palavras de mamãe, escondem-se todos os anos de transformações insanas que a vida sofreu; como não lhe dar razão quando fala de decadência? Éramos a *intelligentsia*[86] do país, pessoas que contribuíram para a independência da Somália, e ato contínuo perdemos tudo, tínhamos que encontrar outro país, outro sentido, outra razão.

Éramos os mais invejados, os mais admirados, talvez também os mais odiados, depois fomos simplesmente lamentados, talvez alguém tenha dito para si mesmo: "Bem feito para aqueles cheios de si, que provem a miséria. Vocês são capitalistas, burgueses, não merecem outra coisa". Todos tinham uma opinião a respeito da gente. Nós mesmos, afinal de contas, tivemos uma ideia a respeito da gente. O fato é que minha mãe, com suas palavras, fixou aquele momento, a morte de um tio orgulhoso, como o divisor de águas da nossa vida familiar. Tio Osman, morto a facadas, é mais do que isso, é algo que vai além daquele momento trágico. Algo que vai além de qualquer imagi-

---

86 *Intelligentsia*: grupo de pessoas que, dentro de um país ou de uma cidade, constitui a elite intelectual. [N.A.]

nação. Para mim, é a guerra que mata a facadas o futuro do país. Meu tio Osman era um modernizador, e havia gente que não gostava daquilo. Para alguns, não era conveniente que ele fosse assim. Era um chato, uma pessoa que amava o povo, uma pessoa democrática demais. E foi eliminado. Por alguém que tinha outros planos para a Somália. Planos de destruição.

Dentro em breve, a Somália entraria no pesadelo da ditadura de Siad Barre e depois descambaria para a guerra civil, essa chaga purulenta dos dias de hoje. Bem, às vezes penso que, se o tio Osman não fosse assassinado, talvez hoje a Somália não seria um estado falido. Quantos, como meu tio, foram silenciados?

Quantos, oh Senhor?

Minha mãe conta da cólera que sentiu quando o assassino do tio Osman desfilou pela cidade. Levaram-no à delegacia. Mamãe me disse que sentiu uma raiva ensurdecedora no seu peito. E não era a única a sentir aquela dilaceração. Alguém, tomado por um raptus de desespero, tentou colocar um punhal nas mãos da viúva do meu tio. "Mate o assassino, mulher, faça isso com esta arma. Se o fizer, não haverá nada de errado. Você é a viúva, tem todo o direito." Era a lei não escrita de talião. Se ela tivesse matado o assassino, ninguém a teria perseguido, nem a lei de Deus nem a lei dos homens. Naquela época, a vingança era quase uma obrigação, era algo respeitado. Tia Katubo, porém, não matou ninguém. Tinha muito respeito pela vida. Foi chamada de vil por todos. Alguns cuspiram no chão por desgosto, pela pouca coragem que ela demonstrou. Toda vez, eu me pergunto o que eu teria feito no lugar dela. É possível matar alguém a sangue frio? Certamente, ela odiava aquele homem que lhe tirou, para sempre, o amor da sua vida. Mas seria capaz de matar? Manchar-se com o mesmo crime infame? Não sei dar uma resposta. O que eu teria feito sem marido, sem conforto, sem apoio e com uma única companheira, a raiva?

Tampouco a ela, minha tia, cheguei a conhecer.

Ou será que conheci a ambos?

Meu tio Osman, com seu rosto alegre, sua testa ampla, sua boca imperial, para mim, é de verdade. Tenho a sensação de tê-lo visto, beijado sua bochecha, abraçado. Às vezes, ouço em meu ouvido esquerdo os ecos das conversas que tivemos, eu e ele. Ouço nossas risadas e comoções. Ouço todas as risadas, todas as palavras, todos os suspiros. Talvez essas conversas tenham realmente acontecido quando eu era pequena. Eu, diante da foto dele e da vovó Auralla. Eu, que dizia bom dia e boa noite, eu, que contava a eles os meus progressos nos estudos e as dificuldades com os colegas que gritavam palavras desagradáveis sobre a cor da minha pele. Eu, que sempre senti-os vivos, a meu lado. Porque, de fato, estavam vivos. Uma pessoa está viva todas as vezes que alguém se lembra dela. Tio Osman sempre esteve presente. Todos me contaram algo a respeito dele, todos com um sorriso. Eis porque a história de sua morte é algo que ainda não digeri. Sinto a fratura profunda que sua morte provocou nas almas, nos corações, nos pâncreas dos meus entes queridos. Depois daquele dia, ninguém mais foi o mesmo. Aquele evento funesto foi o prelúdio de uma época de enormes transformações. Minha mãe chama aquilo de decadência, meu pai, de desafio, Abdul e Mohamed, os meus irmãos adorados, chamam aquilo de azar, minha prima diz que é olho gordo, minha tia, mais pragmática, diz: "*Maktoub*, está escrito. Vontade de Allah supremo e misericordioso". Talvez todos tenham razão, cada um do seu jeito. Todos os caminhos podem ser percorridos.

Mas os caminhos precisam de um nome e de uma história. Todas as vezes que passo pela Piazza di Porta Capena, tenho medo do esquecimento. Naquela praça, havia uma estela, agora não há nada. Seria bonito que um dia houvesse um monumento para as vítimas do colonialismo italiano. Algo que nos recorde que as histórias da África oriental e da Itália se entrelaçaram.

5 Estação Termini

Roma Termini é uma das principais estações ferroviárias da Urbe e a maior da Itália. É uma das mais congestionadas da Europa em termos de tráfego de passageiros, sendo superada apenas pela Gare du Nord em Paris. A estação é também o mais importante entroncamento de linhas de transporte urbano. Aqui passam as únicas duas linhas de metrô de Roma e as principais linhas de ônibus. A estação, construída sobre Colle Esquilino[87], funciona a todo vapor desde 1864. O edifício que vemos hoje (com a fachada horizontal que dá fama à estação) foi inaugurado somente em 1950. As pessoas correm na estação. Corre-se para pegar o trem, por um beijo, para abraçar novamente uma pessoa querida recém-chegada ou para fugir de um roubo. O nome Termini, porém, sempre me passou uma ideia de pausa dessa correria contínua. Sempre pensei que Termini significasse "meta final" ou "fim de viagem". Gostava de como isso soava como uma mensagem dada aos passantes histéricos, filhos da modernidade. Mas, ao contrário, descobri recentemente que o topônimo Termini significa outra coisa completamente diferente. Deriva da deformação da palavra latina thermæ. *Há nas proximidades, de fato, as termas de Diocleziano, e é a elas que a estação deve seu nome. O coração dessa estação é a Galleria Centrale, coração físico e também um pouco metafísico. O que deveria ser uma simples ligação para os pedestres entre a rua Marsala e rua Giolitti transformou-se, com o tempo, na metáfora de uma suspensão, na passagem entre dois ou mais mundos. Não por acaso, no filme*

---

87 Esquilino é a mais alta e a mais longa das sete colinas sobre as quais foi fundada a cidade de Roma, 58,3 metros acima do nível do mar. [N. T.]

Good Morning Aman,[88] *o protagonista (interpretado pelo jovem de origem somali Said Sabrie[89]) percorre essa galeria, ao fundo uma música soul que reinfundiria a vida até num moribundo. Um pouco antes de percorrer o corredor, Said-Aman diz: "O problema não é realizar os próprios desejos, o problema é tê-los, os desejos". Em Termini, ainda que tudo pareça difícil, ainda que haja alguém que sofra muito (eu penso nos que estão em situação de rua), tem-se a ilusão que um trem levará embora de toda essa dor. Por isso, no mapa, eu desenho os trens com as asas dos anjos. É verdade, é importante ter desejos.*

Eu tinha trocado o horário de trabalho com uma colega. "Por favor", eu dissera, "preciso ir a um funeral." Ela me perguntou quem havia morrido. Respondi de forma genérica: "Uns garotos". Eu de fato não sabia a resposta. Os mortos eram pessoas que eu não conhecia. Mas eu não poderia faltar ao funeral deles.

Cheguei toda ofegante, suada. Uma falta de fôlego como a de um maratonista próximo à chegada. Porém, a Piazza del Campidoglio estava bonita. Estava cheia como certas garrafas de vinho do campo. Lotada. Tão cheia de dar inveja a um show de rock, mas era um funeral, não havia nada a invejar, infelizmente. Na multidão, muitos rostos conhecidos da diáspora somali de Roma. Havia mulheres com os olhos cheios de lá-

---

88 *Good morning Aman*: filme italiano de 2009 dirigido por Claudio Noce cuja narrativa central é a amizade entre Teodoro, ex-pugilista de quarenta anos, e Aman, jovem somali criado em Roma. [N. A.]

89 Said Sabrie: jovem ator de origem somali, nascido no Texas, cresceu na Itália, onde chegou com a família com apenas três meses. Faz parte da segunda geração de imigrantes e nunca esteve na Somália. [N. A.]

grimas e homens que cerravam os punhos de raiva. Lá estava Walter Veltroni,[90] prefeito de Roma na época, e havia muitas câmeras. Eu não vi imediatamente os caixões. Estavam fora do meu campo de visão. Misteriosos como o silêncio de certos jardins no mês de agosto. Meu olhar estava distraído pelo medo que me apertava o coração. Naquele dia incerto, o medo embaçava-me a vista. No final, eu cedi. Eu precisava olhar. E me fez muito mal, *wan matagi lahaa*, quase vomitei de tão mal que aquilo me fez. Eram treze caixões: de madeira simples, austeros; cobertos com a bandeira da Somália democrática: céu azul e estrela branca. Também comecei a chorar. Mas infelizmente não estava vestida com os longos panos das mulheres somali. Elas, furtivas, secavam as lágrimas com os panos. Eu vestia uma calça jeans e esquecera meus lencinhos na livraria. Comecei, irremediavelmente, a encharcar o rosto. Alguns minutos mais tarde, tinha me tornado uma cascata incontrolável.

Eu estava lá, como todos, porque na noite anterior havia recebido uma ligação.

Mas talvez eu estivesse por lá porque não fazia sentido estar noutro lugar, *maal kale*.

A ligação da noite anterior ao funeral foi curta e essencial. Nada de enfeites e palavras floreadas. Só a evidência de uma morte que não sabíamos explicar. "Amanhã venha ao Campidoglio. Vamos lembrar dos meninos". Claro, eu reconhecia aquela voz, era uma

---

90 Walter Veltroni, político italiano nascido em Roma em 1955, foi um dos protagonistas no nascimento do *Partito Democratico* da esquerda e foi prefeito de Roma de 2001 a 2008. [N.A.]

voz familiar, do coração, mas soava diferente aquela noite. Zahra, era ela do outro lado da linha, suspendera por um minuto sua fala doce e irônica, se transformara numa sacerdotisa, uma das gregas que protegem o fogo dos templos. Zahra, só para constar, é o meu anjo da guarda. Somos primas porque nossas mães são irmãs, mas é só por acaso que não nascemos do mesmo ventre, no mesmo momento. Só por acaso. Ela faz parte da minha coluna vertebral afetiva como poucas pessoas na minha vida.

Havia ocorrido uma tragédia. Um barco naufragado. Um daqueles que atravessam o Mediterrâneo tentando atracar num futuro qualquer em algum país do Ocidente. Quem embarcava naqueles navios estava fugindo das guerras, da fome, da carestia. Alguns estavam à procura dos seus sonhos. Outros, levados por uma força difícil de explicar em termos humanos. Muitos embarcaram em navios de esperança e atracaram em outro lugar. Mas uma dessas embarcações, pelo contrário, afundou em outubro de 2003. Teve esse azar. No noticiário, disseram pouco sobre o acidente. Limitaram-se a expor números e depois rapidamente arquivá-los como notícia. Para a crônica, não importava se aqueles corpos seriam sepultados na graça de Deus ou se apodreceriam sob o sol. Como Pôncio Pilatos, o jornal lavava suas mãos. Mas nós não poderíamos ser Pôncio Pilatos. Tínhamos que encarar o rosto obsceno daquela realidade que nos tocou no destino. Aquele barquinho naufragado estava cheio de somalis, essa era a realidade! Cheio de homens e mulheres, de seres humanos reduzidos a larvas. Aquela embarcação de papel estava cheia de gente com o nariz como o meu, com a boca como a minha, com os meus cotovelos. Todos nós da diáspora somali, no dia em que ficamos sabendo dessa notícia, não sabíamos o que fazer com os nossos corpos. Os que morreram nas costas da ilha de Lampedusa tinham provocado não somente uma comoção sem igual, mas um mal-estar. Por que eles morreram e nós estávamos vivos? Por que o destino nos dividiu em dois?

O prefeito da época, Walter Veltroni, respondeu ao pedido de ajuda humanitária da comunidade somali para dar justa exéquia aos treze desafortunados. Nenhum de nós queria ver aqueles corpos sepultados sem a leitura de um sura ou sem o choro de alguma mulher. E pela primeira vez, após muitos anos, uma comunidade invisível como a nossa bateu pé. Nós, que nunca pedimos nada àquela Itália que nos colonizou, naquele dia gritamos por um direito. Foi a primeira vez. A voz emergia quebrada e gaguejada. Mas de alguma forma tinha saído. E foi ouvida.

Às 15 horas, estávamos todos lá, alguns atrasados alguns minutos, como eu. Mas estávamos lá, com nossos rostos contorcidos, com nossas lágrimas de raiva. Eu olhava aqueles rostos da minha diáspora e depois olhava para Marco Aurélio,[91] que nos observava do alto com o seu olhar amigável. Sentíamo-nos protegidos e amados. Havia muitos italianos presentes que vieram nos abraçar, beijar, confortar. Vários eram amigos da Somália, outros eram perfeitos desconhecidos. Senti um acolhimento caloroso que até hoje, nesses nossos anos tristes de crises e rejeições, não se sente mais. As pessoas ainda sabiam se indignar. As pessoas ainda não tinham perdido toda a ter-

---

91 Refere-se à estátua de bronze que domina a praça e representa o imperador Marco Aurélio (121-180 dC) a cavalo. [N.A.]

nura. Hoje, ao contrário, mandam os possíveis pedidos de asilo do Corno da África[92] às garras do coronel Gaddafi,[93] aos seus obscenos campos de concentração, e ninguém profere uma palavra. Parecemos todos paralisados. A Itália firmou um acordo petrolífero com a Líbia e por isso fecha os olhos para as atrocidades cometidas pela parte doente da sociedade líbia. Quantas garotinhas, nesse momento, estão sendo estupradas e torturadas em Trípoli, Sebha, Misurata? Os campos de concentração são tolerados porque, como diz um certo ministro,[94] "devemos ser maus". A clandestinidade, todos que trabalham com isso sabem bem, não chega do mar, tampouco a criminalidade. Dos grandes barcos vinha gente fugindo de guerras e ditaduras. As redes criminosas usam outras rotas: uma passagem aérea e todo o conforto. Mas é mais fácil mandar embora os fracos. É muito mais fácil.

Mas naquele dia a Itália era outra. Bela, sadia. Uma Itália que sabia tornar sua a dor alheia. Uma Itália que ainda tinha uma alma.

Olhei ao meu redor. No fundo, a majestade do palácio do Senado. Minha vista, como sempre, tomada pela monumental escadaria dupla desenhada por Miche-

---

92 Corno da África: península com a característica física de forma de um chifre que se encontra no litoral leste do continente africano. Nele localizam-se a Eritreia, o Djibuti, a Etiópia e a Somália. [N. A.]

93 Muammar Gaddafi (1942-2011) militar e político líbio que liderou em 1969 o golpe de Estado que levou à queda do rei Idris I. Figura política dominante no país, foi deposto pelo Conselho nacional de transição e assassinado pelos rebeldes durante a guerra civil de 2011. [N. A.]

94 Alusão a Roberto Maroni, deputado desde 1992 pelo partido *Lega Nord* que foi Ministro da Fazenda no primeiro e no quarto governo de Berlusconi. [N. A.]

langelo, e pela Torre Capitolina, de Martino Longhi il Vecchio. Estávamos no coração da Roma renascentista, a artéria pulsante do poder cidadão. Era o palco mais belo que se poderia imaginar para um funeral. Roma reservava as honrarias mais altas àqueles jovens que nunca puderam conhecer suas ruas nem suas belezas.

Não obstante toda a calidez daquele dia, eu sentia que havia algo errado naquela cena.

Todo aquele branco régio destoava da simplicidade dos caixões de madeira que ali jaziam. Destoava do desespero da viagem feita pelos migrantes mortos no mar.

"Não é lugar adequado para esse funeral", uma voz dentro de mim sussurrou. A Piazza del Campidoglio era uma honraria sem par. Mas, pela lógica, pela minha lógica, aquele funeral deveria ter sido feito na Stazione Termini, naquele grande espaço entre a bilheteria, a loja da Nike e a livraria Borri. Aquele teria sido o lugar certo. O único lugar que se poderia chamar, de fato, de casa, em Roma. O único lugar realmente somali na capital. O único que nos acolheu e nos chamou de irmãos e irmãs.

A estação entrou imediatamente na minha vida, assim como na vida de todos os somalis da diáspora romana. Nem se apresentou. Caiu na minha vida sem aviso prévio, sem cerimônia. Muitas das minhas fotografias de infância foram feitas lá. Há uma delas de que gosto especialmente. Eu com uma roupa amarela e preta da abelhinha Maia.[95] Estou com meu pai e com um senhor de cujo nome não lembro mais. Estamos encostados des-

---

95 Abelha Maia: série de anime nipo-germânica produzida pelo estúdio de animação Zuiyo Enterprise que foi muito popular na Itália nas décadas de 1970 a 1990. [N.T.]

preocupadamente num carro azul estacionado. Eu olho para o lado, distraída por algo que estava acontecendo à minha esquerda. Estamos na Via dei Mille onde ainda há o hotel Archimede. Nos anos de 1970, os somalis desciam todos para o Salus ou para o hotel Archimede. E às vezes meu pai me levava para cumprimentar os amigos exilados que haviam fugido como ele da ditadura de Siad Barre e ficavam sempre num daqueles dois hotéis. Eram senhores e senhoras distintos. Traços finos e voz educada. Pessoas que ainda tinham muita sede pelo futuro. E não queriam afastar-se demais de casa. Então, Termini lhes dava a impressão de que Mogadíscio estivesse virando na primeira curva. Bastava pegar um trem e voar pelos trilhos de um sonho.

Depois, com o passar do tempo, Termini virou outra coisa: um microcosmo de vida e de morte; uma galáxia de afetos; um amigo querido do qual não se pode prescindir; um inimigo ruim e amargo. Termini te amava e desprezava. Termini era uma esperança, mas também o apocalipse. Em Termini, é possível se encontrar ou perder-se para sempre. Para muitas pessoas da diáspora somali, conhecer Roma não era a prioridade. O que fazer com a Piazza di Spagna? E com Campo dei Fiori? Nenhum desses lugares sabia te agradar ou estapear como a Stazione Termini. Lá era o centro de tudo para os somalis. Lá começava a verdadeira vida. Por isso, para muitos conhecidos meus, bastava ter um conhecimento básico de Roma. O lugar em que se dormia, onde se trabalhava e Termini, onde tudo acontecia, onde a vida te abraçava e te cuspia na cara. Roma, para muitos, nem importava. A única estrela verdadeira era aquela estação maltrapilha. Nos anos de 1970 e 1980 a estação fedia a mijo e não eram poucos os recantos violentos. Agora é toda limpa, com lojas de todos os tipos: Sisley, Etham, Calzedonia, Nike, Lindt, Benetton. É quase um prazer passear por lá. Porém, nos anos de 1970, o cheiro de mijo aturdia e a gente sentia subir pelas narinas todo o peso da derrota.

Eu considerava aquela estação infame como a mãe de todas as desgraças. Se eu e os meus pais não fazíamos o que as outras pessoas normais faziam, a culpa era dela, exclusivamente dela. Culpei-a de todas as nossas dores, de nossas inumeráveis separações. E lá voltávamos, dobrando-nos à sua vontade pela simples ilusão que nos causava. Estar lá era um pouco como tocar na borda daquela mátria somali cada vez mais distante e cada vez mais estrangeira. Todas aquelas conversas na língua-mãe e aqueles cheiros familiares eram pior do que uma alucinação de LSD. Imaginavam-se realidades paralelas nas quais a Somália era o lugar mais lindo do mundo. Para mim, por muito tempo, a estação Termini foi uma mistura de loucura e mal-estar. Nunca fomos ver a Tosca no Teatro da Ópera, por exemplo, não conhecíamos o significado da palavra férias, não fazíamos compras nas lojas iluminadas do centro da cidade. As únicas roupas que comprávamos eram só por necessidade, o máximo do luxo era comprar alguma roupinha nas lojas Mas[96] na Piazza Vittorio. Eram tantas as coisas que eu e os meus pais desconhecíamos: o salmão, por exemplo, e os finais de semana primaveris na casa de praia. Mas sempre havia Termini. Mesmo que passasse um tempo sem que voltássemos lá. Podia ser vislumbrada em nossas pupilas, pelas palavras que saíam inesperadamente das nossas bocas e pelo desejo que se colhia em nossas mãos estremecidas.

---

96   Lojas Mas: centro de compras histórico no coração de Roma, na Piazza Vittorio. [N. A.]

Demorei um pouco para entender aquele lugar, até não odiá-lo mais. Por anos, senti-me ameaçada pela cara de dor e esperança que Termini carregava consigo. Eu queria ser diferente dela. Eu a percebia com um obstáculo para a minha formação. Eu ainda não sabia que uma vida tranquila não poderia prescindir dela. Porque lá estava o princípio. Porque lá estava enterrado o meu cordão umbilical. No México, há uma lenda que diz que a casa é o lugar em que se enterra o cordão umbilical de quem se extraía a nutrição antes do nascimento. Então, talvez a minha casa fosse a Stazione Termini. O começo que eu não deveria esquecer.

A estação melhorou muitíssimo nos últimos anos. De uma parte, houve a restauração feita pela prefeitura, de outra, várias comunidades migrantes também se organizaram. Há lojinhas de todo tipo. Quer colocar aplique no cabelo? Quer um pouco de cardamomo para os chás condimentados do seu recanto? Quer um tecido com a história da rainha de Sabá para pendurar nas paredes de casa? Em Termini, encontram-se coisas fantásticas: de saris[97] a raiz de rummay[98] para escovar os dentes, e até goiabada que os brasileiros comem com queijo e chamam romanticamente de "Romeu & Julieta". E também quantidades infinitas de *eenjera* e *zighinì*.[99] Mas, in-

---

97 Sari: roupa feminina típica da Índia, feita de um longo tecido variegado que se enrola ao redor do corpo deixando descoberto um ombro. [N.A.]
98 Rummay: raiz que se usa como escova de dentes, muito eficaz contra o tártaro. [N.A.]
99 Enjeera e zighiní: prato da culinária etíope e eritreia, o *zighiní* é um picadinho de carne apimentada cortada e cozida com cebola, tomate e temperos, come-se com um pão especial que parece uma crêpe com textura de esponja (*eenjera*). [N.A.]

felizmente, encontram-se também coisas que não deveriam ser encontradas. Por exemplo, há um monte de lojas que vendem cremes para branqueamento da pele. Quando vejo esses venenos expostos, o sangue sobe-me à cabeça. Fico muito brava! Somos belos como somos, *black is beauty*. Aquelas garrafinhas maléficas têm nomes atraentes como "Diana" ou "*Dark & Lovely*". Muita gente sonha, especialmente as mulheres, em ser como a *Posh Spice* ou Beyoncé. Querem ser amadas, mimadas. Os meios de comunicação continuam dizendo a elas que não terão chance alguma na vida com aqueles cabelos encaracolados e seus traseiros poderosos. Que negro não é bonito, que pelo contrário, é feio, é monstruoso. Puras idiotices, mas muitas pessoas acreditam nisso. Caem na armadilha. Resultado? Estragam a epiderme, tornando-a sensível aos raios ultravioletas, e muitas vezes provocam câncer de pele. E o paradoxo é que se enfeiam. Manchadas como zebras, com vitiligo. Com pescoço, rosto e braços claros e o resto do corpo escuro.

Mas a mercadoria mais preciosa que se encontra na estação são as conversas. Muitas diásporas, a maior é a somali, fizeram desse lugar de Roma sua base comum. Já se passaram quarenta anos, não é pouca coisa.

Naquele triângulo de ruas que engloba Via dei Mille, Via Magenta e Via Vicenza, há os bares dos somalis. Não são gerenciados por ninguém do Corno da África. Não há placas que demarquem as peculiaridades da clientela desses bares. Mas viraram os verdadeiros lugares de encontro (junto às lojas administradas pelos conterrâneos). Aqui se fala das batalhas em curso, da viagem do tal dos tais para Dubai, das últimas novidades de perfumes. É aqui que se fazem as listas dos recém-nascidos e dos mortos recentemente. É aqui que se encontra por acaso uma tia que não se vê há seis anos. Na fonte da Via dei Mille me aconteceu de ver muitas vezes garotos que fazem abluções para as rezas rituais islâmicas.

Essas ruas por muito tempo foram o palco do meu irmão Mohamed. Ele foi o primeiro de nós a não ter medo. Abraçou-as com emoção e deu início a esse credo laico urbano. Eu, meu pai e minha mãe tínhamos nossas dúvidas. Nossos deslocamentos não eram passeios, mas passagens rápidas. Éramos como uma patrulha de *marines* em território talebã. Nós também queríamos entrar, mas com prudência, sem nos abandonar por completo. Ele, ao contrário, graças à sua leveza, entrou no território sem preconceitos e colheu, rapidamente, a essência familiar que o lugar emanava. Mohamed, não por acaso, é o mais alegre da família Scego, junto com o nosso irmão Hussein, que hoje já não está conosco, que morreu, infelizmente, de um terrível tumor fulminante. Mohamed sabe rir e desfrutar a vida. Meus pais, a maior parte do tempo em que estiveram na Itália, tentaram trazê-lo para viver conosco. Sentiam-se bastante culpados por tê-lo deixado na Somália tão pequeno. Não queriam que ele enfrentasse os desconfortos daquela emigração forçada. Queriam primeiro ter bases sólidas, mas a lei se interpôs: naquela época, a reunião familiar não era fácil como agora. Mohamed era tão pequeno que foi deixado na Somália com minha tia Xalima. Quando meus pais conseguiram abraçá-lo novamente, ele já era um homem, quase mais alto do que eles próprios. No começo, aquilo foi uma confusão para ele. Com dezesseis anos, meu irmão teve que reinventar sua existência.

Teve que aprender o italiano, inserir-se numa nova realidade e começar a estudar numa escola completamente desconhecida. Meu irmão não ia muito bem nos estudos. Meus pais tentaram de tudo, do internato à escola particular. Não tínhamos muito dinheiro, mas para os estudos faziam-se sacrifícios. Comer menos talvez, mas não saber menos. Infelizmente as professoras não estavam preparadas para lidar com um aluno como ele. Davam de ombros, balançavam a cabeça e diziam: "Bom, não há muito o que fazer. O filho de vocês é um burro". Mas a verdade é que a escola pouco se importava. Era preciso seguir o currículo, e quem conseguia, muito bem, já os outros, paciência. Mas meu irmão se virou mesmo assim, por sorte. Sua verdadeira escola foi a rua. Além disso, sua sabedoria inata o segurou nos momentos difíceis.

O mais difícil de tudo foi o serviço militar. Eu e ele nos tornamos cidadãos italianos porque éramos filhos menores de idade do papai que, em algum momento dos anos de 1980, obtivera a cidadania. Estávamos muito contentes. Podíamos votar, expressar nossa voz, nossas vísceras. Ter aquele pedaço de papel nas mãos nos fazia sentir mais seguros, não tínhamos mais medo de olhar as pessoas nos olhos. Se alguém ousasse nos dizer "preto sujo", em vez de aguentar calados, respondíamos à altura. Eu e Moha percebíamos que tínhamos mais sorte do que muitos dos nossos coetâneos. A Itália era, e ainda é, um país que teme as mudanças. A lei da cidadania é um exemplo marcante desse terror. Aqui, se você é filho de um migrante e nasceu na Itália, precisa demonstrar que é italiano, você tem um ano de prazo para levar seus documentos, ter tudo certo, períodos contínuos de residência no país e também a permanência dos pais. Se você chegou na Itália pequeno, com três meses, um ano, três anos, aos dezoito é considerado um estrangeiro. Você vive como estranho num país que sempre considerou o seu. Você precisa aguentar com paciência as filas, como todos, para o visto de permanência, muitas vezes sem jamais haver colocado o pé no seu país de origem, mas, se tiver azar, pode até ser alvo de um decreto de expulsão e ser mandado para o país que você nunca conheceu. Basta pouco para ser expulso de um país que vincula o visto de permanência com o trabalho. E se você perder o emprego? A maior parte dos clandestinos não chegaram assim na Itália, isso se deu graças a lei Bossi-Fini[100] que induz as pessoas à clandestinidade com a sua chicanice. Portanto, muitos filhos de segunda geração vivem como estrangeiros em seu próprio país. Têm suas vidas travadas porque não possuem a cidadania, além de ser algo pesado do ponto de vista simbólico, impede de se credenciar nos conselhos profissionais regionais, de viajar, de dizer a própria opinião votando no país que é o seu desde o começo da sua vida.

Por isso, eu e meu irmão Mohamed estávamos felizes com o nosso belo passaporte bordô. Éramos livres para nos expressarmos num dos nossos dois países.

---

100 Lei Bossi-Fini: lei promulgada em 2002 que regulamenta a política de imigração. Para os imigrantes clandestinos, a lei previa expulsão imediata. Os clandestinos sem documentos válidos de identidade deviam ser levados aos centros de permanência temporária para serem identificados. A lei também previa a concessão de visto de permanência, válido por dois anos, apenas a quem demonstrasse já ter um contrato de trabalho regular. [N.A.]

Mas Mohamed não havia acertado as contas com o serviço militar, naquela época obrigatório para todos.

Imagine ser o único negro numa caserna. Pense no primeiro dia, nas crueldades dos *nonni*.[101] Imagine as punições que você leva por não estar em seu lugar. Mohamed foi enviado primeiro para Falconara Marittima e depois foi feito lanceiro de Montebello.[102] Como lanceiro de Montebello, também montava guarda no Quirinale.[103] No primeiro dia, mamãe e eu fomos vê-lo. Os turistas japoneses não conseguiam acreditar. Um italiano negro e ainda por cima militar. Foi uma cascata de flashes e meu irmão, que sempre foi vaidoso, ficou contente como pinto no lixo. "Mas cheguei até aquela tranquilidade porque soube impôr respeito". Moha, como eu, sempre soube entender quem eram as pessoas que tinha diante de si. Sabe o que se passa com os parafusos na cabeça delas. Sente as emoções, sejam boas ou ruins. Mas, diferente de mim, sabe se adaptar ao que sente, não espera que as pessoas melhorem. Se uma pessoa é um pouco vulgar, ele a leva como tal, se é digna e refinada, a mesma coisa. Sabe encontrar a linguagem certa com todos. As palavras adequadas. Usa as armas da ironia e do bom humor. E até mesmo os que se colocavam na sua frente com más intenções, alguns minutos mais tarde já estavam convertidos ao seu credo. Mohamed, com

---

101 Literalmente "vovôs", expressão italiana para designar os militares que estão por se reformar, muitas vezes culpados por atos de opressão contra os recrutas. [N.T. a partir da N.A.]

102 Lanceiro de Montebello: regimento da cavalaria do exército italiano. O nome provém da batalha de Montebello (1859), quando as tropas do Piemonte e da França derrotaram a Áustria durante a segunda guerra da independência. [N.A.]

103 Quirinale: palácio oficial do Presidente da República italiana. [N.A.]

tantas piadas e zombarias, sempre conquistou as pessoas, e aquele seu jeito *easy* sempre fez muito sucesso com as mulheres. Caíam em seu colo como frutas maduras. Porque ele fazia algo simples, mas que os homens não fazem com frequência: ele as ouvia. Sorria muito (o que nunca é demais), respondia com alguma mentira aqui e ali *et voilà*, todas se apaixonavam. Moha, em sua época de ouro, pintou e bordou. Eu e minha mãe éramos espectadoras mudas das confusões que ele armava. Por um período, ele até teve três nomes. Louis para as mulheres que achavam que ele fosse sul-americano, Ali para as brancas que não sabiam pronunciar seu verdadeiro nome (e todas as vezes lhe diziam "Que massa, como Ali Babá", e Amedeo para as mais duras na queda e experientes. Só disse seu nome verdadeiro à mulher que se tornou, por fim, a mulher da sua vida. "Eu não queria estragar o nome. É o que me sobrou da Somália, além de vocês."

6 Trastevere

Cinco pontes ligam o bairro ao resto da cidade.
Uma rua divide-o pela metade.
Trastevere, trans tiberim, ou seja, "além do Tibre". Foi a primeira área habitada na margem ocidental do rio. É considerada o símbolo da Roma de um tempo que já foi, consegue dar, ainda hoje (apesar das lojas chiques e da movida noturna), a ilusão de um mundo antigo. Durante o dia, parece quase que estamos num burgo medieval, mais do que numa metrópole: ateliês de artesanato, barraquinhas folclóricas. E não é raro observar pessoas que param para conversar pelas ruas. Gente como eu, como você. Quantas boas conversas eu tive naquelas ruelas tortas do bairro.
A Unificação da Itália[104] *levou ao Trastevere o planejamento urbano que conhecemos hoje. A intervenção mais importante é a de 1886. Naquela ocasião, tiveram início as reformas que levaram à abertura da avenida del Lavoro e da avenida Trastevere. O bairro foi jogado numa grande confusão e, para muitos, também desfigurado. A avenida, onde hoje passa o bonde número 8, dividiu em duas partes esse bairro aparentemente indivisível e alterou a orientação dos moradores. Esses dois lados nunca mais iriam se juntar novamente.*
Toda vez que passeio pelas ruas de Trastevere, numa de suas partes divididas, penso no poema "Relíquias", da chicana Gloria Anzaldúa.

---

104 Unificação da Itália: unificação da península italiana com a proclamação do Reino da Itália ocorrida em 17 de março de 1861. A unificação completa ocorreu em 1866, com a anexação do Vêneto, e em 1870, com a conquista de Roma. [N. A.]

Somos as relíquias sagradas
 Os ossos dispersos de uma santa
 Os mais amados ossos de Espanha
 Nos buscamos.

Os ossos da santa foram divididos e levados para igrejas distantes. Ouço o eco dos fêmures, das costelas, das falanges. Seu desejo imenso de reunir-se num único esqueleto. As ruas de Trastevere são como aqueles ossos. Buscam--se. Um pouco como os somalis da diáspora, dispersos pela guerra civil por todos os rincões do mundo, de Mineápolis a Estocolmo, de Roma a Djibuti. No mapa, eu desenho um esqueleto humano sentado sobre o globo terrestre. Finalmente os ossos estão recompostos. Desenho a esperança de que isso possa acontecer em breve.

Décimo segundo bairro de Roma, setor G no mapa das regiões ZTL de trânsito limitado,[105] região turística por excelência. Trastevere já se tornou a meta preferida dos norte-americanos e japoneses, russos afluentes e asiáticos. É lá que se vai para beijar, para fazer compras, para ter um pouco de agito. Se olharmos o mapa da cidade, o bairro situa-se na região oeste. Ao sul, há a grande cúpula[106] com toda

---

105 ZTL: *zona traffico limitato*, em muitas cidades italianas não se pode transitar com automóveis no centro histórico, exceto moradores. [N.T.]
106 *Cupolone* em italiano, a grande cúpula refere-se à cúpula de São Pedro. [N.T. a partir da N.A.]

a sua majestade, ao norte *"er monno infame"*.[107] Trastevere encanta a todos com suas ruelas e paralelepípedos tão românticos, e com suas casinhas populares medievais que possuem um charme indescritível. As casas custam caro demais na região, mas alguns estudante, apoiados pela mamãe e o papai, não se negam a pagar um aluguel caro para viver por alguns anos o sonho de uma Roma antiga e popular. Só que em Trastevere já não há mais o povo, só sobrou a lenda: o que há em Trastevere são os botecos, pubs, restaurantes para todos os bolsos. É em Trastevere que se passeia no final de semana. É uma região glamurosa. Toda reluzente. Mas apesar de todas essas luzes artificiais, não é raro, ainda hoje, avistar em algum canto um rato saindo do bueiro. Às vezes, são umas ratazanas que passeiam sem serem perturbadas entre os cestos de lixo transbordando.

Quando vejo aqueles ratos, relembro tudo como se fosse hoje. As luzes artificiais desaparecem. Permanece apenas o cheiro azedo dos dejetos produzidos pelo bem-estar. Bom, eu sou uma escritora. Se vou até Trastevere é por algum motivo. Normalmente, para ver amigos, me divertir. Uma vez, um homem me convidou para comer, bem ali, um dos jantares mais caros da minha vida. Se vou para lá, é por prazer. Mas a Igiaba do passado andava lá por outros motivos: para sobreviver, eu diria.

---

107 *Er monno infame*/O mundo infâme, é um trecho de um verso da conhecida canção de Antonello Venditti de 1972, *Roma Capoccia*, em dialeto romano. A estrofe de onde foi extraída é assim: "Vejo a majestade do Coliseu/ vejo a santidade da grande cúpula/ e sou mais vivo, e sou melhor, não, não vou te deixar nunca/ Roma cabeça do mundo infâme" (*Roma capoccia der monno infame*). [N.T. a partir da N.A.]

Éramos pobres. Papai ausente devido ao trabalho: fazia muitas viagens para cavar o dinheiro necessário para matar a nossa fome e nós tentávamos resistir conforme era possível. Não era fácil. Nos nossos primeiros anos na Itália, vivíamos sempre em algum quarto de pensão decadente. Eram quartos anônimos, sem nada e muitas vezes escuros. Minha mãe tentava revitalizar as paredes pendurando alguns quadros e fotos. Ela sempre gostou de decoração e cores. No centro, ficavam os nossos lares e penates[108], os espíritos protetores, cujas faces eram as do tio Osman e dos avós. Não poderia faltar o quadro da Meca Sagrada e de uma mulher somali que sorria balançando suas longas tranças de menina. Em algum canto, também havia rinocerontes e dromedários, que minha mãe acariciava frequentemente com ternura. Com o tempo, as pensões viraram apartamentos, mas continuaram decadentes, com cara de perenemente provisórios. Papai, principalmente no começo, ficou pouco naqueles tugúrios: estava sempre viajando. Seus destinos tinham sempre algum nome estranho e misterioso. Nomes que gostaria de abarcar com o pensamento, anulando aquela distância odiosa entre nós. Eu sentia uma falta avassaladora do meu pai naqueles anos. Ele, coitado, estava sempre ocupado. Totalmente imbuído da ideia de recriar uma existência perdida, que fora sua no passado e como queria que fosse a nossa. Imagino a sua confusão. Sabe-se lá quanto medo abrigava sua alma. Só posso imaginar, pois ele nunca permitiu que aquilo transparecesse muito. Papai era sempre alegre e era brincalhão. E

---

108 Lares e penates: refere-se aqui às divindades que protegiam as casas e eram veneradas pelos antigos romanos. [N. A.]

até hoje, já com tantos anos nas costas, está sempre pronto a gargalhar. Naquela época, sempre tinha disposição para me pegar no colo e me ver dar cambalhotas. Quando ele não estava em casa, eu não ousava pedir o mesmo à minha mãe. Certamente ela era mais séria e preferia que eu lesse um livro do que desse cambalhotas. Os destinos "misteriosos" do meu pai eram todos no Oriente Médio. Papai, como bom político africano, falava fluentemente muitas línguas. Inclusive o árabe. Uma vez, na Itália, no caos de uma vida que estava sendo reconstruída, pensou, acertadamente, que só as viagens ao Oriente Médio e uma nova identidade de comerciante poderiam salvá-lo da ruína. Foi assim que começou sua atividade de importação e exportação que atravessaria momentos de altos e baixos por toda a década de 1980. Mamãe e eu ficávamos em Roma. Vivíamos na cidade como criaturas em suspensão, perenemente à espera da volta do papai Alí.

De início, estávamos sozinhas à espera mas, com o passar do tempo, a casa foi se preenchendo. Havia o meu irmão Mohamed (que minha mãe pôde abraçar novamente após oito anos, ele, que com apenas quatro anos, fora deixado com a minha tia) e um punhado de hóspedes que hoje é difícil recordar quem eram. Éramos paupérrimos, porém generosos. Se havia um metro de espaço, acolhia-se alguém. Em terra estrangeira, era impossível negar hospitalidade para um conterrâneo. Sempre era possível achar um pedaço de pão para todos. "Onde comem três, também comem quatro ou cinco". Isso foi verdade até o meu primeiro ano de ensino médio, depois a situação descambou. Meu pai ficou fora de casa mais do que era previsto.

Papai havia se reinventado como comerciante, mas aquele ofício também escondia ciladas enormes como a boca de um tubarão.

A política e a carreira militar, que ocuparam grande parte da vida do meu pai, tinham regras claras, precisas e evidentes. O comércio, ao contrário, era cheio de arapucas. Não era possível confiar plenamente nem mesmo nos sócios. Todos estavam prontos a puxar o tapete. Meu pai tinha jeito para os negócios, mas se deu muito mal em algumas oportunidades. Lembro-me especialmente de quando ficou entusiasmado com um trambolho que fundia latinhas de Coca-Cola. "Essa máquina vai nos deixar ricos". Por pouco, porém, não nos levou à falência. Mas a coisa bonita no papai era aquela sua confiança inata no futuro. Perdíamos dinheiro, mas também ganhávamos. Chegavamos a bater no fundo e cavoucar até que milagrosamente subíamos novamente.

Quando comecei o primeiro ano do colegial, papai estava na Somália. Não estava atrás de um novo negócio, mas também de um sonho. Fazia muito tempo que não voltava à Somália: desde o golpe de estado de Siad Barre em 1969. Naquele meio tempo, também havia envelhecido. Siad Barre havia lhe concedido a anistia, e se ele se mudasse de volta para a Somália, não teriam lhe tocado sequer um fio de cabelo. "Você já está velho demais para fazer qualquer coisa contra mim". Considerava-o inofensivo. Nos anos de 1970, papai teria se enfurecido. Se sentiria ofendido e com o orgulho ferido ser considerado inofensivo por alguém que ele considerava o inimigo público número um. No entanto, a década de 1980, com seu lastro de humilhações, restrições econômicas e fadigas, já havia passado. Papai já não queria continuar distante da sua terra.

Embarcou num avião da Somali Airlines e disse a minha mãe: "Desta vez, vamos conseguir voltar. Deseje-me sorte. Vou preparar tudo". Mamãe ficou rezando. Eu a imitava, daquele jeito desavisado típico das crianças. O plano do papai era obter concessões para abrir uma série de cinemas modernos em Mogadíscio. E conseguiu. Se não fosse a guerra civil, hoje, a família Scego & Co. seria a concessionária dos cinemas mais lindos de Mogadíscio. Porém, ao invés disso, veio a guerra. Uma história horrível. Mas, no momento da partida do papai, ninguém poderia imaginar o triste futuro que aguardava a Somália. Mamãe cerrou os dentes e disse-me para fazer o mesmo. "Querida Suban, um tempo de dureza nos espera". Cerrávamos os dentes porque aquele era o momento que esperávamos há séculos. Na cena dos nossos sonhos, ele nos pegava no colo e nos levava voando até o nosso amado Reino de Punt, onde finalmente viveríamos felizes para sempre. Por isso, estávamos sempre junto à soleira; com as malas prontas e os armários sempre vazios. Mamãe dizia: "Se mantivermos nossas coisas sempre na mala, não será necessário fazê-las com pressa". Aquele "depois" era uma alusão a um futuro não muito definido no qual voltaríamos triunfantes ao seio da *mama* África: as malas na mão, o retorno solene, a extrema felicidade, o calor e as frutas tropicais. A hora estava chegando, a que todos nós desejávamos. Papai, entre outras coisas, havia partido para preparar a nossa volta.

Mas sem o trabalho do papai, as coisas, para nós, ficavam sempre mais duras. Mohamed trabalhava ocasionalmente como garçom perto de casa e mamãe fazia faxina para algumas senhoras. Eu era menor de idade, portanto não podia contribuir à causa. Estávamos super atrasados com o aluguel e também a comida não sobrava. Comíamos carboidratos, pouca carne, verduras da estação escolhida entre as mais econômicas, nada de doces, biscoitos Montebovi (que não custavam nada) e muito chá somali com especiarias.

Não sei o que eu teria dado para cravar meus dentes numa bela bomba de creme.

Nos socorreu uma amiga da mamãe. "Vocês precisam tentar em Trastevere".

"E o que há em Trastevere?", perguntamos.

"Venham comigo amanhã de manhã", ela respondeu. "Nos vemos às 5 horas em frente à igreja de Santa Maria in Trastevere."

Eu e mamãe estávamos congeladas. Saímos de casa às 3h30. Eu faltara à escola. Naquele primeiro dia, até erramos o ônibus: em vez de pararmos em Trastevere, acabamos no Largo Argentina. Tudo bem. Com aquele frio, seria bom caminhar. Mamãe e eu tremíamos feito vara verde. Eu também sentia um pouco de medo. A rua Arenula estava completamente deserta. "Allah Clemente e Misericordioso", eu rezava, "não nos deixe cruzar com pessoas maldosas". Eu sussurrava lentamente. Não queria deixar a mamãe assustada também. Pois ela também estava ocupada, sussurrando algo para o Onipotente. Entre sussurros e preces, atravessamos a ponte. "Que lindo o Tevere à noite", pensei. Porém, o vazio das ruas me aterrorizava como nunca. Os últimos metros foram percorridos quase correndo. Já chegamos esbaforidas à igreja Santa Maria in Trastevere.

A amiga da mamãe nos arrastou ainda por um bom trecho. E, maravilha das maravilhas, por uma ruela repleta de gente. Havia pessoas de todos os tipos. Reconheci muitos somalis habitués da Stazione Termini, além de filipinos, eritreus, caboverdianos, roma[109] e alguns italianos. Então, ela nos apresentou uma senhora. "Vamos fazer uma carteirinha para vocês, com ela vocês poderão receber comida e roupas". Era uma espécie de centro de acolhimento para os pobres. A Caritas[110] diocesana ajudava os mais carentes com bens de primeira necessidade. Eu sentia uma vergonha imensa de ter que pedir caridade. Pensava: "Ai, mamãe, como fomos acabar assim?", e, no fundo do meu coração, sentia-me feliz de o papai não ter que passar por aquela humilhação com a gente. Mamãe, advinhando meu pensamento, me levou para um canto. "Igiaba, está vendo aquelas mulheres?". Bem, sim, eu as estava vendo. Eram mulheres somalis com porte de realeza e trajando roupas vivazes. "Aquelas mulheres, no passado, eram poderosas. São filhas ou esposas de antigos funcionários do governo, algumas chegaram até a ocupar altos cargos. Mulheres que trabalhavam com a diplomacia e lidavam com segredos diplomáticos. Olhe para elas, mesmo mal cuidadas, que belo porte elas têm. E se aquelas mãos já não ostentam joias, ainda reluzem bem-estar. E sabe por quê? É porque, minha filha, elas não se sentem

---

109 Plural de "rom", termo que, vertido para o português, significa "homem" e designa um conjunto de populações nômades cujo traço comum é a origem indiana e a língua romani (oriundo da região noroeste do subcontinente indiano). Os roma representam minorias étnicas em vários países. O endônimo "rom" foi adotado pela União Romani Internacional (em romani: *Romano Internacionalno Jekhetanipe*) e pela Organização das Nações Unidas. [N. T.]

110 Caritas: confederação internacional fundada em Roma em 1950 com o objetivo de promover a ação social e criativa. A Caritas italiana nasceu em 1970 e coordena, nas diferentes dioceses, as atividades de grupo e organizações católicas. [N. A.]

humilhadas de ter que pedir ajuda. Não há nada de errado no que estamos fazendo aqui." Eu olhava ao meu redor. Não havia rostos tristes, só havia pessoas passando por maus bocados, mas que desejavam superar aquele momento ruim. Nós estávamos entre aquelas pessoas. Foi assim que a mamãe e eu levamos para casa um macarrão da ajuda humanitária da CEE,[III] além de feijão e carne enlatada. E eu até pesquei um blusão lindo entre as roupas. Colorido e com uma faixa amarela. Chegando em casa, lavei-o bem lavado. Alguns dias depois, vesti o blusão. Não é que eu fosse a mais fashionista da turma. Me vestia com o que dava, até mesmo com o que viesse da Caritas, afinal, cavalo dado não se olha o dente. Mas eu sabia pescar. Lembro até que muitas meninas me disseram, sobre aquele primeiro blusão: "Que massa! Igiá, onde é que você comprou isso?".

"A loja é muito longe, meninas. Eu não me lembro do endereço e não acho que saberia voltar lá."

"Que pena, Igiá, é realmente muito massa, aquela faixa amarela é tão chique. Você fica linda, sabia?"

Talvez fosse o ar de Trastevere às 4 da manhã.

Àquele despertar de madrugada seguiram-se outros. Por um ano e meio, o macarrão da ajuda humanitária da CEE foi a nossa única salvação. Praticamente a nossa única refeição.

Depois, eu e a mamãe encontramos outros lugares. Descobrimos que a rede de solidariedade estendia-se por toda a cidade. Entre os somalis, o boca a boca

---

[III] CEE: sigla da Comunidade Econômica Europeia, instituída com o tratado de Roma em 1957 com a intenção de promover a união econômica dos seus Estados-membros. A CEE assentou as bases para a atual União Europeia. [N.A.]

apontava para uma igreja de Giustiniana.[112] Mamãe, que estava sempre à procura de alguma casa para faxinar, disse-me num domingo à tarde: "Vamos dar uma olhada". Porém, o ambiente na Giustiniana não era o mesmo que no Trastevere. Tudo era diferente. Não havia voluntários que sorriam e nos sentíamos todos coagidos. Não entregavam nenhuma sacola, quem quisesse comer tinha de lavar as mãos e sentar-se no refeitório. Mas antes tínhamos de aturar a missa toda. Também os muçulmanos, se não o padre não dava nenhuma dica de trabalho. Não nos teria convertido por necessidade. Fomos três ou quatro vezes. Todas as vezes sentia a tentação de dizer para o padre: "Olhe que a espiritualidade deve nascer dentro de nós. Não é possível impô-la à força. Se por caridade cristã o senhor quer nos ajudar, faça-o, mas deve fazê-lo sem pedir uma missa em troca". Mas o padre continuava a nos chantagear. Nenhum pasto, nenhuma dica de trabalho sem a missa. E então todos nós nos adequavámos. Ouvíamos a liturgia com um ouvido e ela saía rapidamente pelo outro. Só entendi anos mais tarde que aquele padre queria-nos como público. Ele era o apresentador de um programa. Mas seu público o tinha abandonado. Não aparecia mais às funções religiosas. Não havia nem as velhinhas que normalmente sustentam as paróquias. Éramos nós o seu público: gente obrigada pela necessidade e pela fome e forçada a ouvi-lo. Éramos como aqueles que na TV são pagos para aplaudir sob comando. Agora eu sei: era ele, o padre, o mais desesperado entre nós.

---

112 Giustiniana: região periférica ao norte de Roma, um pouco além do *Grande Raccordo Anulare* (anel rodoviário), entre a estrada Cassia e a rua Trionfale. [N.A.]

7 Estádio Olímpico

No começo, o estádio Olímpico chamava-se simplesmente estádio dos Ciprestes. Deveria ser uma obra monumental para celebrar toda a pompa do regime fascista. O estádio era só uma parte do projeto ambicioso que almejava criar uma cidade do esporte dentro da Urbe. O que hoje é o Foro Italico[113] *chamava-se então* Foro Mussolini, *e tudo no projeto inicial visava exaltar o modelo físico que o regime queria impor aos italianos. Celebra-se pura e simplesmente a ação, o imediatismo e o gesto. Uma virilidade exasperada em busca de uma beleza clássica e impossível. Uma virilidade que o regime opunha ao intelecto e aos sonhos dos dissidentes. O estádio, e todo o complexo no entorno dele, deviam ser a cereja no bolo do regime mussoliniano que aspirava ser celebrado por uma Leni Riefenstahl*[114] made in Italy. *O estádio conseguiu se safar deste destino adverso. A estrutura, assim como a conhecemos, foi construída em 1952 para as Olimpíadas de 1960, depois foi renovado em 1989, proporcionando cobertura total aos espectadores, nos preparativos da Copa do Mundo de 1990. Atualmente, conta com oitenta e um mil, novecentos e três lugares, todos sentados com muito mais comodidades do que no passado, inclusive catracas nos portões de entrada e vestiários mais espaçosos.*

---

113   *Foro italico*: área dedicada às disciplinas esportivas e manifestações celebrativas do regime fascista construída entre 1928 e 1938. Atualmente, sedia importantes manifestações esportivas nacionais e internacionais. [N. A.]

114   Leni Riefenstahl (1902-2003), diretora, atriz e fotógrafa alemã, famosa por ter produzido vários documentários de propaganda que exaltavam o regime fascista, como *Triumph des Willens* (*O triunfo da vontade*) encomendado pelo próprio Hitler, retratando o congresso de 1934 do Partido Nacional-Socialista, e um documento sobre as Olimpíadas de Berlim de 1936. [N. A.]

Muitas coisas aconteceram nesse estádio, dos campeonatos conquistados pela Roma (e claro, também pela Lazio, mas digo isso baixinho, pois nem gosto de me lembrar) aos recordes do atletismo. Porém, quando penso num evento em especial, minha mente viaja para a maratona das Olimpíadas de Roma de 1960: quarenta e dois quilômetros, cento e noventa e cinco metros. Maratona ganha por Abebe Bikila, que a completou, descalço, em duas horas, quinze minutos e dezesseis segundos, com uma vantagem de duzentos metros à frente do marroquino Rhadi ben Abdesselem.[115] De uma só vez, Abebe Bikila quebrou o recorde mundial e deu ao continente africano a primeira vitória nessa modalidade olímpica. Para o ex-agente da polícia e guarda-costas de Hailé Selassié, foi um dos momentos mais lindos da sua vida. Para mim, considerando tudo a posteriori, é quase simbólica a sua vitória descalça naquele estádio. O estádio Olímpico, que nascera para celebrar a pompa de um regime fascista cujos planos incluíram a desfaçatez de humilhar as gentes da África, ao contrário, celebrou em 1960 a vitória de um pequeno grande homem que não tinha medo de se mostrar ao mundo de pés descalços. Muitos anos mais tarde, em 1987, naquele mesmo estádio, Abdi Bile,[116] um somali alto e longilíneo, conquistou a medalha de ouro nos mil e quinhentos metros rasos do campeonato mundial de atletismo. Aquela foi a única medalha conquistada pela Somália numa competição esportiva. É bonito pensar que isso aconteceu em Roma, naquele mesmo estádio Olímpico.

115   Rhadi ben Abdesselem (1929-2000), atleta marroquino medalhista de prata da maratona das Olimpíadas de Roma de 1960. [N. A.]

116   Abdi Bile (1964-), atleta somali campeão mundial em 1987 e herói nacional da Somália. Formou-se nos EUA pela Universidade George Mason em Virgínia. [N. A.]

No mapa, marco os pés descalços de Abebe Bikila e sua medalha de ouro na maratona. Por um continente que não será mais obrigado a fugir de si mesmo.

O passe é rápido. Rudi Voeller não perde a oportunidade. Enlaça a bola como um polvo. Depois, dança uma valsa com ela. Os adversários olham atônitos para ele. Não sabem como rebater tanta graça no campo. Alguém tenta se jogar contra o casal feliz, mas sem convicção. A valsa continua. O bigodudo de Hanau[117] e a bola nasceram um para o outro. É um abraço feliz. O público do estádio Olímpico fica sem fôlego. Espera-se um orgasmo coletivo. O alemão vai voar dessa vez também? Muitos de nós estamos nos perguntando isso. O gol está na portinha. Tão pertinho que parece um sonho. Rudi, o que você vai fazer?

Entre os anos de 1990 e 1992, uma das perguntas que eu fazia com maior frequência era essa. A outra era sobre a minha mãe.

Entre os anos de 1990 e 1992, eu ia com bastante frequência ao estádio.

Eu também frequentava outros lugares na cidade: a escola, o McDonald's da Piazza di Spagna, a via Trionfale, a via del Corso. Mas quando penso de novo naqueles anos e em tudo o que aconteceu, sempre os relaciono com o estádio Olímpico.

Nem sempre eu comprava o ingresso: na maioria das vezes eu ficava de campana em frente à entrada

---

117 *Il baffone di Hanau*: refere-se ao jogador de futebol Rudi Voeller (nascido em 1960 em Hanau, Alemanha), ex-atacante da Roma. [N. A.]

dos *Distinti*[118] com o meu radinho super velho (eu não tinha grana para comprar um rádio decente) e ali ficava à espera para adentrar como um rato naquele templo do futebol. Eu não era a única que ficava por lá parada como uma múmia: éramos muitos. Todos jovens, todos enrolados em seus cachecóis amarelos e vermelhos[119] como manda o figurino. Nossos corações batiam junto à curva sul. Acompanhávamos todas as ações graças aos berros e à narração animadíssima das rádios locais. Depois, invariavelmente, faltando uns vinte minutos para acabar a partida, acontecia um milagre. O milagre auri-rubro, pontual como o de *San Gennaro*[120] em Nápoles. Era como na fábula d'*As Mil e Uma Noites*, em que Ali Babá diante da gruta gritava *iftah ya sim sim*, "abre-te sésamo": faltando vinte minutos para terminar qualquer partida, o estádio Olímpico escancarava, magicamente, suas portas. E aí era uma correria só, quem até aquele momento estava do lado de fora do estádio se jogava pra dentro tentando conquistar um cantinho, para curtir por um minuto sua Roma *capoccia*.[121] Aqueles vinte minutos tornaram-se, para mim, uma espécie de *nirvana* imprescindível. Vi muitos gols, mas às vezes (isso também acontecia, infelizmente) sofri como um cão desse jeito.

118 *Distinti*: também *gradinata* em italiano, refere-se à parte mais econômica de lugares num estádio: setor da "geral" ou "popular". [N.T.]

119 Cores da A. S. Roma. [N.T.]

120 Um milagre de San Gennaro: a autora compara o costume e a regularidade com que ocorria a abertura das portas do estádio para deixar que entrassem os que estavam do lado de fora com o anual *milagre de San Gennaro*, mártir e padroeiro da cidade de Nápoles. [N.T. a partir da N.E.]

121 Vide nota 107 sobre Antonello Venditti. [N.T.]

Ir ao estádio Olímpico para ver a Roma era uma razão de viver. E digo mais: naquela razão de viver estava encerrada toda a salvação do meu pequeno "eu" daquela época. Naqueles anos, o rei incontestável de Roma era Rudi Voeller, o alemão voador: ele disputou cento e quarenta e duas partidas e marcou quarenta e cinco gols com a camiseta auri-rubra. Lembro-me de um jogo memorável, que ficou gravado a ferro e fogo na minha alma, que foi decidido com um soberbo pênalti de cavadinha. Eram os anos dos confrontos com o Napoli de Diego Armando Maradona, eram os anos em que a Lazio valia tanto quanto um dois de paus. Eram anos em que nós, torcedores da Roma, sonhávamos com tão pouco. Para mim, também eram os dias em que meu corpo decidiu crescer sem a minha permissão.

Eu era uma garotinha tão confusa e cheia de espinhas. Uma garotinha que usava calças fusô apertadas demais e obcecada com a celulite, como todas. Eu estava mudando e o mundo também estava mudando. Os seios não apareciam, mas o traseiro sim, cada vez mais gigante. O muro de Berlim havia caído, sentia-se, naquele fragmento de final de milênio, a podridão que viria a soterrar todos nós em breve. Para nós, somalis, essa podridão chegou antes do esperado, numa espécie de pré-estreia, que poderíamos ter evitado, na forma de uma guerra sangrenta. Fedíamos todos. Nós, da diáspora somali, naqueles dias, fedíamos pelos sonhos apodrecidos e pelas promessas quebradas. Aquele cheiro rançoso nunca mais nos abandonou. Ficou impregnado em nós até hoje, mesmo depois de passados tantos anos, como o suor das piores doenças. Eram os mesmos anos em que minha mãe desapareceu, *desaparecida*[122] nas ramificações do terror daquela guerra sem sentido.

Por dois anos, os primeiros dois anos de guerra, eu não tive mais notícias suas: cresci sem a sua voz, sem o seu toque, sem a sua presença. Muitas vezes, os vizinhos me perguntavam: "Onde foi parar a sua mãe? Há tempos que não a vemos". Eu nunca sabia o que responder. Claro, poderia dizer a verdade. Poderia dizer: "Mamãe desapareceu. Estourou uma guerra. Ela estava em Mogadíscio por acaso, por falta de sorte, por azar, por maldição, porque assim estava escrito no livro de Deus. Não sabemos que fim levou. Não sabemos se está viva ou morta. A guerra a tragou. Às vezes, é difícil acreditar que ela sequer tenha existido". Porém, no fim das contas, eu não dizia a verdade aos vizinhos: eles não entenderiam; explicações demais, palavras demais. Eu não tinha vontade de ficar lá parada diante das pessoas, explicando o horror da guerra civil. Eu nem sabia bem do que se tratava, como poderia então explicar? Assim, para poupar palavras, eu dizia: "Mamãe está viajando". Às vezes, eu mesma gostaria de acreditar naquela viagem de lazer. Gostaria de acreditar que ela estava voltando em alguns dias e que iríamos nos abraçar novamente. Naqueles dois anos em que a mamãe esteve ausente, tentei me distrair com o futebol e com os estudos, enlouquecida e desesperadamente, o que fazia com que eu parecesse o poeta Leopardi até quanto à corcunda. Minhas peregrinações ao estádio Olímpico, de alguma forma, me salvaram da loucura. Depois, por sorte, mamãe voltou.

122 A autora refere-se aqui à palavra em espanhol que designa, sobretudo no Chile e na Argentina, as pessoas sequestradas e assassinadas por motivos políticos durante as ditaduras entre os anos de 1976 e 1983. [N. T. a partir de N. A.]

Sã e salva. Porém, desde então, o medo nunca mais me abandonou.

Ainda hoje, dezenove anos depois, ainda carrego a guerra civil comigo.

É esse o destino de todos os somalis.

A guerra se apaixonou por nós e não quer mais nos abandonar. Crê que somos sua propriedade. E que pode jogar conosco como bem entender, por anos afora.

A guerra é como certos conhecidos inoportunos e vulgares. Você não quer saber deles, mas lá estão e ficam grudados, chegam quando não são esperados, esvaziam a sua geladeira e a sua alma.

Deveria ter durado pouco aquela guerra bastarda. Mas, ao contrário, não para de respirar em nossos cangotes. Seu beijo, que nos aflige, tem gosto de vísceras em decomposição.

Demos-lhe tudo, tudo, coisas demais, mas ela quer mais, sempre mais. Demos-lhe a alma. Mas não bastou.

Agora nada mais nos restou. Além da alma, não sabemos mais o que sacrificar.

Muitos de nós estão desistindo.

Até eu estou desistindo.

Me dou conta disso todas as vezes que recebo uma ligação da pátria-mãe.

Sou tomada por um sentimento de impotência cega.

Recebi uma ligação há pouco tempo.

Foi assim: o telefone tocou insistentemente. Uma, duas, três, quatro vezes. Corri. Não deveria chegar ao quinto toque, se não seria algo grave. Me joguei sobre o aparelho como o Dino Zoff[123] quando exibia em suas memoráveis defesas no estádio Bernabeu contra a Alemanha de Rummenigge. Eu precisava impedir, a qualquer custo, que chegasse ao sexto toque. A qualquer custo! Eu não teria aguentado, eu não queria sucumbir ao terror que dilacerava a minha alma desde os meus dezenove anos.

"*Assalamu Aleikum*",[124] era a voz clara e forte da minha mãe.

"*Aleikum wa salam*",[125] respondi com a voz empastada de quem havia ido dormir tarde.

"Minha querida, sinto muito por tê-la acordado num domingo. Mas sabe, queria lhe dizer que aquele dinheiro, aqueles cem euros para a tia Howa, não precisa mais mandar para Hargeysa, mas sim para Gaalkacyo.[126] Agora levaram ela para lá."

Levaram? Minha tia? Minha tia já tinha virado uma encomenda postal. Nenhum de nós dizia mais "ela

---

123 Dino Zoff: ex-jogador de futebol italiano, atuou como goleiro. Entrou para a história como o jogador de futebol mais velho a ser campeão de uma Copa do Mundo FIFA, feito acontecido em 1982, em que Zoff tinha quarenta anos e era o capitão da seleção italiana. Foi treinador da seleção italiana entre 1998-2000. [N. T.]

124 *Assalamu Aleikum*: saudação árabe que significa literalmente "a paz esteja convosco". O voto de paz é a forma de saudação principal entre muçulmanos. [N. A.]

125 *Aleikum wa salam*: respostas à saudação anterior. Significa: "Sobre vós está a paz". [N. A.]

126 Nomes somalis de duas cidades da Somália. Hargeysa é a segunda maior cidade do país e onde se encontra o palácio presidencial e os ministérios do governo. Gaalkacyo está numa região deserta, é a capital da região de Mudugh que, durante o período colonial italiano, chamava-se Rocca Littorio. [N. A.]

foi", mas simplesmente "levaram-na". Ela já não decidia mais por si, mas todos decidiam por ela.

Não consegui responder nada. Ainda estava com muito sono. Além disso, a angústia do nosso dia a dia já estava me deixando sem fôlego. Tudo era culpa da geografia! Sim, da geografia bagunçada dos somalis, que logo de manhã cedo já conseguia perturbar a minha digestão futura. Minha tia Howa, como muitos idosos, já não tinha mais qualquer autonomia depois do começo da guerra somali. Antes, os velhos eram o pilar da sociedade somali, davam conselhos, produziam pérolas de sabedoria e ofereciam seus ombros antigos seja para o choro, seja para o repouso. Eram um grande ouvido, uma boca oracular, um abraço infinito. Todo gesto estava carregado de afeto. Eram odres de amor. Mas, quando necessário, também sabiam repreender. Desferiam suas palavras repletas de verdade. Não havia sombra de raiva neles, somente de justiça. A Somália dos idosos era um país digno de ser vivido. Era a Somália dos nobres dromedários, das praias imaculadas de Jazeera, dos *tuqul*[127] portentosos, das mesas cheias de *beris skukaris*[128] e de uvas passas.

Porém, com a chegada da guerra, os idosos tornaram-se um fardo. O corpo, que já não era ágil, tornou-se um obstáculo. Caminham com dificuldade, devem ser ajudados, tudo é difícil. Nos dias de batalha, assim me disseram, os jovens maldiziam os velhos. Nos dias de batalha, os velhos diziam aos jovens: "Deixem-nos aqui. Evitem ser atingidos por essas balas. Para nós, tanto faz morrer nessa terra

---

127 *Tuqul*: cabanas. [N. A.]
128 *Beris skukaris*: literalmente, "arroz rico", feito com carne, batatas, molho, uvas passas, tudo cozido junto. [N. A.]

deserta ou em cima duma cama. Já não temos casa, não faz diferença alguma morrer por aqui mesmo". Porém, os jovens não querem vê-los morrer. Os jovens os carregam consigo. Sabendo que compartilham um destino comum de chumbo e de fogo. A Somália traiu os jovens e os velhos. As gerações se irmanam na mesma dor. Entretanto, a vida escorrega entre os dedos.

Minha tia Howa foi levada para Gaalkacyo.
Amanhã cedo, eu e mamãe decidimos, irei até a Stazione Termini para mandar aqueles cem euros à tia Howa. Pesa-me esse gesto. Não porque eu não queira mandar o tal dinheiro. Se pudesse, eu lhe daria tudo o que tenho. Mas é o gesto que me despedaça a alma. Não há nada mais que eu possa fazer por ela, só posso mandar dinheiro. O amor, daqui para lá, está quantificado em dinheiro. Nem as palavras contam mais nada. Dizer "te quero bem", "te amo", "sinto a tua falta", já não significa mais nada para um somali. Tem mais sentido falar de moeda estrangeira. Num país onde não há mais infraestrutura, vida pública, esperança, só o dinheiro consegue abrir as portas para qualquer tipo de sobrevivência. Mais valem os os dólares do que o bem-querer e os euros são ótimos em dizer "eu te amo". As relações entre a Somália e a diáspora se consomem assim, no sopro de uma transação financeira. Pessoas que antes se vinculavam por beijos, abraços, lembranças, pensamentos, agora estão ligados pela nulidade amarrotada do dinheiro em espécie. As pessoas que vivem no Ocidente, como eu, são prisioneiras dessa guerra infame! Claro, não da mesma forma que os nossos parentes. Não na mesma medida.

Nós, no Ocidente, não precisamos desviar das balas e dos franco-atiradores, como eles fazem, não estamos condenados a uma transumância eterna em busca de um oásis de paz. Nós, no Ocidente, ainda não exaurimos os nossos sonhos.

Porém, apesar da nossa sorte, também somos prisioneiros. Uma parte de nós ficou na pátria-mãe. Uma parte de nós que não consegue dar as costas e fingir que nada esteja acontecendo. Uma parte de nós que sente-se culpada porque não compartilha as adversidades da guerra. Aqueles parentes, aquelas tias, aqueles primos, aqueles sobrinhos poderiam ter o nosso rosto. Poderiam ser nós. Parentes que já se tornaram desconhecidos, parentes que esperam de nós, se não o paraíso, pelo menos uma fugaz manifestação de alegria. Por isso, há mais de dezenove anos cumprimos os mesmos gestos, nós da diáspora. É uma forma de ter a consciência limpa. Pagamos em espécie o nosso sentimento de culpa. Nossa distância daquelas batalhas trovejantes. E então, há dezenove anos vamos até os *call centers*[129] derrubados, sempre próximos às estações de trem, também derrubadas, onde encontramos figuras ainda mais derrubadas a quem dizemos um valor, o nome do destinatário, o número de telefone e a região da Somália em que reside. Aquelas figuras anotam tudo e retêm a sua comissão por conta dos custos do envio. Depois de dois dias, o dinheiro chega ao destinatário. Eles operam como bancos, esses *call centers* derrubados do Ocidente: numa Somália em que não há nem bancos, nem correios, nem qualquer

---

129 *Call center*: a autora aqui não se refere aos centros de ligação de telemarketing, mas aos locutórios que além de ligações efetuam transferências monetárias, bastante comuns na Europa. [N.T. a partir de N.A.]

tipo de serviço social, os *call centers* restam como a única esperança.

Quando a minha tia Faduma morreu, eu também mandei dinheiro. Sim, quando ela morreu, eu fui até um *call center*.

Ah, tia Faduma, a mulher que criou a minha mãe na Somália, a mais velha das irmãs Jama Hussein.

Meu choro, naquele dia, estava calculado em euros, com um câmbio totalmente desfavorável.

Minha tia Faduma morreu há poucos meses. Era um mulherão antigo, matronal, imensa. Sua carne transbordante dava ao seus passos uma realeza e uma dignidade que permanecerá como uma das lembranças mais belas do século xx. Quando pequena, eu tinha medo dela. Ela era como uma juíza, que tudo sabe e para todos dá ordens. Ela era a lei, a justiça.

Uma mulher de outra época, de um matriarcado que nós, das jovens gerações, nem sequer sonhamos. A palavra dela marcava peles e corações, era espírito e água. Lembro-me de que ela amava comer *buur* de ovelha cabeça-preta. Todas as vezes que havia uma festa em casa, em Mogadíscio, uma daquelas festas que as pessoas chamavam de *zap*, abatiam-se cabras, ovelhas e galinhas. Comia-se em quantidades exorbitantes. Arroz, fígado com cebola, rins com cheiro--verde, *sambusi*,[130] *gallamuddo*.[131] Eram raras as festas, pois tudo era muito difícil na época da ditadura de Siad. Mas as poucas vezes que podíamos festejar, fes-

---

130 *Sambusi*: trouxinhas recheadas com carne moída, peixe ou verdura, prato típico da Somália. [N. A.]
131 *Gallamuddo*: macarrão feito com água e farinha, cozido com carne e açúcar, prato típico de Barawa. [N. A.]

távamos grandiosamente. Fazíamos banquetes dignos do rei Sol.[132] Chamávamos todos os vizinhos, os amigos e algumas coisas eram até distribuídas entre os pobres da cidade. A festa nunca era um ato solitário: era uma partilha contínua, coletiva, afetuosa. Mas ninguém ousava comer o *buurur*, o traseiro da ovelha cabeça preta. Era uma comida sagrada. Era só para alguém digno para ele. O cozimento do *buurur* era muito especial. Fazia-se um buraco no chão. Depois colocava-se o pedaço dessa carne e sua gordura num recipiente próprio para isso. Cobria-se tudo com terra e por cima colocavam-se galhos acesos para criar o calor. Assim cozia-se a carne, nessa forma antiga e sugestiva. Retirava-se só após várias horas. E sabia-se para quem iria aquela gordura: para tia Faduma, a pessoa mais sagrada entre nós. Uma vez me fez provar um pedaço daquela comida dos deuses, mas eu não gostei muito. Fui muito invejada por todas as crianças por aquele privilégio. Sorri então mostrando todos os meus dentes.

Disseram-me que quando tia Fatuma morreu era pequena como um hamster. Não tinha sobrado muito daquela mulher imensa e matronal. Ela que tinha sido o pilar da família e, com a guerra civil, tornou-se um problema. Era grande demais para correr e a perna que precisava de cuidados não conseguia mais ajudá-la com o deslocamento. Muitas vezes, os garotos colocavam-na numa carriola e a empurravam para longe dos franco-atiradores. Não havia cadeira de rodas e eles se arranjavam como era possível. Ela sempre pedia:

---

132 Rei Sol: como era conhecido Luís xiv (1638-1715), rei da França durante setenta e dois anos, célebre representante da monarquia absoluta na idade moderna. [N. A.]

"Me deixem morrer aqui, os velhos acabam com uma bala na cabeça, não vou sentir dor, Allah é grande, *Allahui Akbar*. Salvem-se vocês que são os brotos da nossa nação". Mas os brotos nunca teriam permitido que a matrona da família acabasse exterminada com alguns golpes disparados por acaso. "Você vai morrer em seu leito. Nós faremos de tudo para que isso seja possível."

Tia Faduma morreu em seu leito. E todos os dias eu agradeço o Senhor por isso. E também todos aqueles jovens que cuidaram dela. Dias antes de morrer eu falei com ela por telefone. Sua voz tinha se tornado estridente e dissonante. Parecia o choro de um recém-nascido. É verdade, quando morremos tornamo-nos novamente fetos.

Queria ter lhe dito quanto sentia sua falta. Mas as ligações intercontinentais não dão esse espaço. Telefonar para a Somália é sempre uma questão de sorte. Você não sabe quanto tempo poderá durar a ligação, não se sabe se do outro lado sua voz chega de forma clara. Você levanta os decibéis. Berra. Grita como um desesperado. Queria ter-lhe dito muitas coisas. Mas não nos víamos há mais de vinte anos. Sentia sua falta. Mas eu nem consegui explicar.

Dias após a sua morte eu fui à Stazione Termini. "Temos algum dinheiro para mandar", disse. E depois o mesmo processo de sempre. Com aquele dinheiro foi pago o enterro da tia.

Hoje a guerra é parte da minha vida. É algo do qual não posso prescindir. Mas quando começou, eu quase nem percebi.

Sim, é bem isso. A guerra, no começo, estourou até por um motivo justo: mandar embora o ditador Siad

Barre e os seus lacaios. A Somália queria se recuperar de si mesma. Infelizmente, nos seus vinte anos de governo, o ditador conseguiu semear discórdia. Quando os somalis se viram sem ele, começaram a disputar pelo poder. Não aos poucos, mas seguindo o instinto do clã. Pessoas que até pouco tempo se cumprimentavam, estavam agora prontas para arrancar o couro uns dos outros, até mesmo por questões banais, só porque pertenciam a clãs diferentes. Os interesses do Ocidente e dos países árabes fizeram com que tudo ficasse ainda mais emaranhado.

Contudo, isso não muda a essência do que me aconteceu quando eu tinha dezesseis anos. Quando estourou a guerra na Somália eu, Igiaba Ali Omar Scego, nem percebi. Eu estava assoberbada por outras questões. Pelas questões de uma adolescente. Eu tinha dezesseis anos e gostava de um garoto. Você sempre gosta de alguém quando tem dezesseis anos. Normalmente, é alguém completamente errado, absolutamente não confiável. Não que depois dos trinta a situação com os homens melhore tanto assim, mas com dezesseis anos é realmente trágica. Com dezesseis anos, a probabilidade é que o cara sequer note a sua existência porque há hordas de garotinhas no cio coladas nas suas cuecas. Com mais de trinta, você já está vivida, continua no cio, mas já sabe bem como se esquivar das humilhações. Além disso, os deuses gregos marombados e robustos já não interessam mais, mesmo porque os deuses gregos, verdade seja dita, com trinta ou quarenta anos, já apresentam uma pancinha, o joelho está deslocado, e são sempre um pouco ridículos, medíocres, na sua ansiedade por agradar a qualquer uma. No entanto, na época, eu tinha dezesseis anos, tinha todos os sonhos banais, entre eles, um príncipe. E nem precisava ser nenhum príncipe encantado, qualquer outro tipo de príncipe já dava para o gasto. O príncipe que eu escolhera naquela época, para ocupar os meus pensamentos de adolescente, era um cara bem tosco. Não me lembro nem o nome. Porém, lembro-me de que a máxima diversão dele era soltar os peidos mais ruidosos do colégio inteiro. E ele não gostava nem um tiquinho de mim. Eu o rodeava como um pernilongo desesperado e ele achava seus peidos muito mais interessantes do que eu.

Na época, eu era tudo, menos bonitinha, o clássico patinho feio: cheia de espinhas, com um corpo que ainda não entendera que direção iria tomar. Lembro-me dos meus seios inexistentes, dos meus cabelos suados colados à nuca com brilhantina *Linetti*[133] e dos meus óculos com armação branca psicodélica que talvez teriam agradado ao David Bowie de *Space Oddity*. Além disso, eu vivia em jejum da cultura popular juvenil. Sabia tudo de Leopardi e D'Annunzio, mas ignorava Freddie Mercury e Vasco Rossi.[134] Claro, o amor não olha na cara de ninguém. Não é preciso ser bonitinho ou bonitinha para amar e ser amado. E tampouco é preciso saber tudo sobre o punk, o rock ou o rap. O amor, quando chega, é anarquista por excelência e te derruba no chão.

Mas com dezesseis anos, o amor é somente um detalhe. Com dezesseis anos, uma garota está em busca de melodrama. É um pouco como estar num filme com uma trilha sonora daquelas de arrancar lágrimas.

---

133 Brilhantina Linetti: marca de brilhantina muito popular na Itália. [N.T.]

134 Giacomo Leopardi (1798-1837) e Gabriele D'Annunzio (1863-1838) são poetas italianos importantes, Vasco Rossi (1952-) é um cantor e músico bastante popular na Itália. [N.T.]

A minha trilha sonora era de músicas engraçadas, não românticas. Na época, eu jamais teria apostado sequer uma merreca furada em mim mesma. Eu me sentia um desastre em todos os aspectos. Era refém dos meus hormônios e não sabia de fato quais eram os passos certos que precisava dar para viver. Imagine então para amar. Não bastava ser adolescente, eu era uma espécie de jovem Holden[135] sem charme. Eu não entendia por que os meus seios não cresciam, nem por que eu sentia, às vezes, as coxas inchando como uma perua no cio. Eu estava, em poucas palavras, completamente perdida dentro do meu hiperespaço[136] de patetices e distorções. Naqueles dias, eu olhava estupefata para os jovens da minha idade. Eu os admirava extasiada, da mesma maneira que os antigos egípcios contemplavam seus ídolos de pedra. Esperava deles algum sinal, por menor que fosse, para não afogar numa vida, na minha vida, que eu não conseguia entender. Com dezesseis anos, a minha diferença pesava. A minha pele e a minha bunda, definitivamente africanas, eram obstáculos. A minha diferença era uma tortura. Naquela época, eu pagaria para ser como os demais, anônima. Nunca sonhei em ter a pele branca, isso nunca, mas eu me imaginava transparente. Algo que os outros pudessem perceber como neutro. No entanto, eu era negra, tinha cabelos encaracolados e, de neutro, talvez tivesse apenas as unhas dos pés. Eu aparecia demais no meio de todo aquele branco. Sentia-me um marcador entre as linhas bem ordenadas,

---

135 Holden: refere-se ao protagonista do romance *O Apanhador no Campo de Centeio* (1951), de J. D. Salinger (1919-2010). [N.A.]
136 Hiperespaço: termo da física e da matemática que se refere aos espaços abstratos com mais de três dimensões [N.A.]

todas brancas. Só dava eu. E não do jeito certo. Não como eu queria que fosse.

Quando pequena, eu não sabia que ter uma bunda africana era uma enorme vantagem.

Quando pequena, eu não sabia que ter a África dentro de mim era como tocar os pés dos arcanjos.

Naquela época, eu frequentava o colégio Pasteur, na via Barellai. Não era um colégio importante na cidade. Não era um colégio que produzia intelectuais. Claro, era digno, mas o poder não desfilava por aquelas bandas. Então, em teoria, eu já tinha começado tudo errado. Eu era carta fora do baralho, pois, mesmo frequentando uma escola digna, estava no grupo dos que, se quisessem chegar a algum lugar, teriam que arregaçar as mangas o tempo todo. Porém, passados os anos, eu entendo que, naquela pequena escola de periferia, tive a melhor formação possível. O colégio tinha uma estranha localização geográfica: ficava próximo de um hospital, o San Filippo Neri, de fato, ficava bem entre o necrotério do hospital e o reformatório Casal del Marmo. Lembro-me, além dos jovens reclusos, também do vai e vem de sirenes. Nessa prisão, acabavam também alguns atletas. Não para cumprir qualquer pena, mas sim para usar os campos desportivos. Dizia-se que havia lá uma estrutura belíssima e que "os mais tops dos tops"[137] iam treinar lá. De fato, uma vez, vi até a Merlene Ottey[138] por lá. Ela faz parte da elite do atletismo,

---

137 *I mejo dei mejo*: em dialeto de Roma, "os melhores de todos", "a nata" [N.T. a partir de N.A.]

138 Merlene Ottey (1960–), atleta jamaicana especialista nas provas de velocidade de cem e duzentos metros rasos. [N.A.]

uma mulher que riscava os duzentos metros feito fósforos no deserto. Notei logo seus olhos enormes. A eterna segundo lugar, Merlene Ottey. Ela era ótima, mas havia sempre outra um segundo melhor do que ela. Era a eterna desafiante, Merlene. Eu a adorava. Grande campeã, sabia suportar a derrota com a cabeça erguida. Parecia um pouco com a minha família: nós também, em nosso pequeno universo, havíamos suportado a derrota.

Quando estourou a guerra, eu estava numa festa: o meu primeiro réveillon fora de casa. À tarde, o telejornal havia noticiado alguns confrontos na Somália. Mas eu não prestei muita atenção. Sempre havia escaramuças na Somália. Lembro-me de haver perguntado ao papai: "A mamãe está bem? Vamos telefonar pra ela?" Tentamos, mas não conseguimos completar a ligação. "Será que vou para essa festa, papai?" Lembro-me de que ele não respondeu nada. Fez apenas um gesto com a cabeça, que eu interpretei como um sim. Vesti-me rapidamente. Mal, como sempre, e saí. Pensei: "Quando eu voltar, a ligação vai se completar e a mamãe irá nos tranquilizar sobre essa situação". Concentrei-me então naquele garoto tosco do qual eu estava gostando. Eu sonhava com um beijo dele, até mesmo uma bitoca, nos meus lábios gigantes.

Mas por que é que a mamãe estava lá na Somália?

Ela viajara para lá no verão. Planejara ficar dois meses, mas depois decidiu esticar a estada. Ela gostava daquela vida em Mogadíscio com o sol e as bananas, com os babuínos nos telhados e com as conversas na hora do crepúsculo, após a reza. Mas o verdadeiro motivo para a permanência tinha a ver com a *laabo dhegah*. Era esse o nome da sua casa e do terreno que a abrigava. Em somali, *laabo dhegah* quer dizer literalmente "duas pedras"; simbolicamente, para mamãe, seriam as duas pedras em que ela teria erguido a sua vida futura. Duas pedras para poder começar a ter esperança numa vida nova, livre e feliz. Uma vida sem censura e sem ditadura. Mamãe não imaginava que *laabo dhegah* iria se tornar, para todos nós, um símbolo de perda. Duas pedras que ficaram em pé após o terremoto. Mamãe tinha grandes planos. Estava lá para preparar, do seu jeito, o nosso retorno. Papai já tinha estruturado a questão do cinema e mamãe queria para nós uma casa na qual sonhar já não seria mais um luxo para poucos. Nenhum de nós imaginava que da Somália restariam em pé apenas duas pedras, justamente, *laabo dhegah*.

No dia em que estourou a guerra, eu estava naquela maldita festa.

Não me perdoei por anos.

Eu estava apaixonada, ou pelo menos era o que eu gostaria de acreditar.

Todos se apaixonavam: os meninos e as meninas. Eu não podia ser diferente até nisso. Eu tinha que me adequar. Escolhi aquele garoto tosco para poder dizer aos outros: "Bom, eu também sou como vocês".

Eu já nem me lembro mais da festa. Deve ter sido uma clássica festa de adolescentes em que nunca acontece nada realmente importante. Uma festa em que se passa de um lugar para outro e se espera que alguém te chame para dançar agarradinho para mostrar ao mundo que você finalmente cresceu. Alguns ficavam, outros choravam. Amores nasciam e outros pereciam. O falatório era um zumbido constante que acompanhava o balançar das nossas cabeças. Mas lembro melhor do dia seguinte. Tentamos ligar para mamãe mais uma vez. Tentamos o dia inteiro. Tanto no dia seguinte como durante a semana inteira. O gabinete de emergência da *Farnesina*[139] tranquilizava os italianos: "Os nossos compatriotas serão repatriados". Eu olhava para o papai com ansiedade. "Será que eles vão entender que a mamãe, sendo tão negra, também é compatriota deles?" Mamãe não estava entre os cidadãos italianos repatriados. Em nenhum avião. Não havia ninguém que pudesse nos dar qualquer notícia. Assim se passaram três meses. As notícias que chegavam da nossa pátria-mãe eram cada vez mais trágicas. Morte, devastação, medo. Eu rezava para Allah o dia todo. No quarto mês, alguém ligou. Era um amigo da família. "Kadija estava viva um mês atrás. Recebi notícias dela de um amigo de uma amiga." Então, mamãe estava viva há um mês. Mas e agora?

Papai e eu tentávamos continuar vivendo normalmente. Fazíamos isso para não enlouquecer.

Eu continuava a estudar e tirar as melhores notas. Ele continuava a ter esperança.

Talvez tenha sido no sétimo mês que comecei a vomitar. Ou talvez já no sexto.

Eu adorava as rosquinhas de pacotes. Papai sempre as comprava para mim, pois notara que elas me davam alegria imediata. Certa noite, comi uma rosquinha inteira, enfiando-a goela abaixo como o Dudu

---

139 *Unità di crisi della Farnesina*: refere-se à estrutura do Ministério Italiano das Relações Exteriores cuja função é prestar assistência a cidadãos italianos que residem no exterior ou encontram-se no exterior durante situações de emergência, calamidades, desastres naturais, instabilidade política, criminalidade etc. Farnesina, o nome do edifício, é usado para referir-se ao próprio ministério que abriga, como o Itamaraty no caso brasileiro. [N.T. a partir de N.A.]

do Popeye faz com os hambúrgueres. Toda aquela rapidez para engolir servia para me fazer esquecer, por um minuto, o meu sentimento de culpa. Era um jeito de eu me aturdir. O chocolate combinado com os conservantes me davam aquele prazer fugaz típico das drogas. Foi então que alguma coisa se rompeu dentro de mim. Aquele prazer era inapropriado. Ou, pelo menos, foi o que me pareceu naquele momento. Corri para o banheiro como um relâmpago, enfiei dois dedos na garganta. Repeti essa ação nos dias seguintes.

No começo, eu só fazia aquilo com as rosquinhas de pacotes. Depois, comecei a fazê-lo sempre: com os lanchinhos, com os raviolis, com os doces, com as lasanhas, com o arroz somali e até com o chá de especiarias. Eu comia e vomitava. Depois, eu comia de novo e então vomitava novamente. Hoje, a ideia de enfiar dois dedos na garganta me provoca terror. Porém, naquela época, aquilo era um alívio. O vômito lavava o meu sentimento de culpa. Eu tinha a sensação de me livrar de todo o mal que já nos acontecera. Eu estava no Ocidente circundada pela opulência, pela boa comida, pela paz, enquanto a minha mãe talvez não tivesse nem um pedaço de pão para engolir. Que filha degenerada eu estava sendo, desfrutando da comida na ausência dela?

Todas as imagens que me vinham da mamãe eram trágicas. Imaginei-a desnutrida como as crianças de Biafra, e sempre tremendo, tomada pelo medo. Eu não tinha experiência alguma sobre a guerra, apenas o que via na televisão e em tantos filmes. Do pouco que ficávamos sabendo pelos telejornais, a guerra somali era sanguinária e violenta como a do Vietnã. Nos meus piores pesadelos (tive milhares de pesadelos naquele período), eu imaginava a minha mãe como naquela conhecida foto do prêmio Pulitzer, em que a pequena vietnamita Kim Phuc foge nua em meio ao bombardeio do seu vilarejo com napalm. Depois de cada pesadelo, eu vomitava ainda mais. Era um ciclo contínuo de empanturramentos e vômitos. De rezas e acordos com Deus. Todas as noites, eu prometia a ele sacrifícios diferentes: se você trouxer a mamãe de volta, eu farei isso, se você a salvar dos franco-atiradores, farei aquilo, se você me permitir ouvir a voz por telefone, faço qualquer coisa. Às vezes, eu negociava com Deus até a minha própria vida. "Tome a mim", eu dizia, "mas deixe-a viver."

Naqueles dois anos, fingi para o mundo uma aparência de normalidade. Eu era uma cdf e, com as notas que eu tirava na escola, ninguém notava qualquer problema comigo. Eu era amável e generosa. Só de vez em quando, como aqueles vulcões ativos e sonolentos, eu tinha uma centelha de ira violenta. Uma vez, joguei uma carteira contra um colega de classe que estava sendo inconveniente, e noutra ocasião mandei uma professora para a puta que a pariu. Porém, de resto, eu era tranquila como um entediante riacho no campo. E chorava à noite na minha cama. Colocava os fones de ouvido, escutava música de arrancar lágrimas e, todas as vezes que podia, eu vomitava. Uma vez, chorei ouvindo uma das canções alegres do Jovanotti, cujo refrão dizia "Olha, mamãe, como estou me divertindo"[140]. Chorei por causa da palavra "olha": a minha mãe não podia me olhar.

---

140 Lorenzo Cherubini (Jovanotti): cantor e compositor muito famoso e popular na Itália, cuja canção "Ciao mamma" fez enorme sucesso nos anos de 1990. [N.T.]

Em dois anos, a mamãe conseguiu falar conosco somente uma vez. Eu estava sozinha em casa. Ela gritava do outro lado que estava bem. "Mamãe, mamãe, quando você volta?" eu berrava. Mas logo a ligação caiu. Fiquei com o telefone na mão por minutos sem fim. Queria ter dito mais coisas. Queria ter dito que a amava. Mas fiquei sem fôlego, esperei tanto por aquela ligação. Anos mais tarde, mamãe me contou que, para fazer aquela ligação, ela correu mais risco do que durante a guerra toda. Uma bala passou zumbindo perto da sua orelha direita. Tivemos sorte. Teria bastado pouco mais do que um ventinho para mudar a trajetória daquela bala malvada. Sim, realmente tivemos muita sorte de aquela bala não haver entrado pelo ouvido da minha mãe. Agora, até a guerra mudou. Continua existindo, mas a comunicação segue garantida.

Claro, ninguém mais entende porque a guerra continua. Perdeu-se completamente a motivação inicial. No começo, era uma luta contra a ditadura, depois virou uma guerra fratricida pelo poder entre diferentes grupos. Agora, os grupos são tantos que sequer se entende qual é a diferença entre eles. Há quem se declare islâmico fundamentalista, quem se declare senhor da guerra, quem se declare integrante de um governo sem eira nem beira. Para mim, são todos iguais, ninguém realmente fala pelo bem da Somália. Agora, porém, as pessoas entenderam que para sobreviver à guerra é necessário criar uma estrutura que dialogue com ela. Nada funciona na Somália, não há Estado, mas, paradoxalmente, tudo é eficiente, tudo funciona. Tanto que as universidades somalis estão na vanguarda e são mais desenvolvidas do que as do vizinho Quênia. Há telefones via satélite para se comunicar, tudo é mais simples (ainda que simples não seja uma palavra adequada para a Somália atual). Há sempre um lugar de onde se pode fazer uma ligação. Nem todos têm celulares, mas alguém próximo com certeza tem. Portanto, as comunicações estão garantidas. Naquela época, tudo era mais difícil. Só chegavam notícias de mortos. Muitos jovens da família, garotos com a mesma idade que eu. Massacrados pelas balas. Pessoas que poderiam se tornar a alma da Somália do futuro foram extirpadas na flor da idade. Estou pensando em Kafagi, Farah, Abdi. Flores que murcharam graças à estupidez dos homens.

Além da guerra, no começo dos anos de 1990, eu também tinha que encarar o meu professor de educação física. Não quero julgar sua forma de trabalhar enquanto docente. Talvez fosse um bom professor, mas para mim não o era. Toda vez ele me perguntava: "Mas como você faz para estar sempre tão bronzeada, Igiaba? O que você usa pela manhã antes de vir à escola?" Uma brincadeira dessas pode até passar pela primeira vez. Mas ele repetiu aquilo durante três anos seguidos. Num dos últimos dias de escola, cansada e exasperada (minha mãe já voltara então), eu levei graxa marrom de sapatos para o professor. "Profe, eu finalmente lhe trouxe o produto. É isso que eu uso de manhã. Passo bem direitinho por algumas horas. Tem uma fixação maravilhosa." Olhei para o rosto do professor, que ficou todo envergonhado. Sentiu-se muito burro. Eu, ao contrário, pensei comigo mesma: "Poxa vida, Igiá, você bem que podia ter feito isso antes". Minha vida, naquela época, era uma constelação de episódios como esse. Pessoas que faziam brincadeiras de mau gosto sobre a minha cor e a minha religião.

Aquilo era incessante. Nem sempre eu tinha cabeça para responder. Eu não queria saber de problemas. Eu só queria ficar na minha. Por isso também que eu vomitava. Eu me trancava no banheiro e era igual à canção do Vasco Rossi, eu sozinha no banheiro e o mundo inteiro do lado de fora.[141] Lá dentro, eu me sentia protegida. Segura. Claro, era pura ilusão. Lá, ao contrário, era onde eu me machucava.

No dia que minha mãe voltou da guerra, eu não vomitei. Estava emocionada. Eu escrevera um poema para o seu retorno. Queria declamá-lo diante de todos no aeroporto. Eu tinha me preparado tanto para isso. Escrevi o poema inspirada em Pablo Neruda. Estava embebida de sentimentos. Porém, quando a vi lá, com seu comprido traje marrom, eu não disse sequer uma palavra. Fiquei muda. Ela me olhou e disse: "Igiaba, o que houve contigo? Os seus cabelos estão oleosos!" E depois: "Mas querida, você não vai me dar nem um beijo?" Eu estava paralisada. Não sabia muito bem o que fazer com meus braços. Beijo? O que é um beijo? Mamãe, é você mesmo? Você realmente está viva? Queria tocá-la mas sentia-me inadequada. Eu estava feia. Sentia-me feia. Era verdade, eu tinha o cabelo oleoso. Eu usava muito óleo, não sabia penteá-los. Além disso, estava cheia de espinhas e pesava oitenta quilos. Era culpa de todas aquelas rosquinhas que eu engolia e depois vomitava. O bulímico normalmente fica inchado porque come compulsivamente.

---

141 A autora refere-se à canção "Albachiara", de Vasco Rossi, que diz: "tu sola dentro una stanza/ e tutto il mondo fuori". [N.T.]

Queria abraçá-la, apertá-la bem forte. Limitei-me a roçar sua bochecha com um beijo fugaz. Não queria contaminar minha mãe. Eu era uma pessoa estranha. Eu era aquela que às seis da manhã preparava uma enorme bisteca do maior boi do universo e, depois de engolir, rejeitava-a. Ingeria laxantes. Misturava creme de leite com molho siciliano. No entanto, no dia em que minha mãe voltou, eu não vomitei. Recomecei no dia seguinte. E no outro também. E continuei assim por mais um ano e meio. No final, foi a minha prima M. quem descobriu. Ela me disse: "É uma coisa de idiota o que você está fazendo". E ficava plantada como um guarda na porta do banheiro. "Eu ouço o que você está fazendo", e depois acrescentava: "O Rudi Voeller jamais faria isso".

Quando deixei de ser bulímica, fomos ao estádio Olímpico, eu e minha prima. Quando a Roma fez um gol, voamos para a curva sul. Foi lindo.

8 O que é ser italiano para mim

Passei pouco tempo na Somália. Eu costumava passar as férias de verão e mais tarde fiquei um ano e meio lá. Frequentei a escola italiana do consulado. No começo, eu nem conseguia imaginar a Somália. Para mim, era como Marte ou qualquer outro planeta desconhecido dos humanos. Eu imaginava um país cheio de homenzinhos vermelhos que andavam enfileirados como os militares nos desfiles. Mas a realidade do Reino de Punt foi muito mais extraordinária do que isso. Nunca vi tantos animais soltos como naquela minha terra distante. Grous, babuínos, cabras, camelos, falcões, galinhas, gatos, fuinhas, cupins, *dik dik*. Mas o fato mais extraordinário era como as pessoas davam importância às histórias. Contar uma história nunca era uma perda de tempo. Aprendia-se, sonhava-se, tornava-se adulto, tornava-se criança. À noite, na casa da minha tia, contavam-se histórias de hienas selvagens e mulheres furiosas, homens corajosos e astúcias mágicas. Adultos e crianças ficavam juntos para ouvir e contar. A palavra tinha o lugar de honra. Exercitávamo-nos em usá-la com sabedoria.

Foi lá, bem no meio daquele caravançarai[142] de palavras, que a minha língua-mãe desabrochou. Antes, vivia escondida em algum recanto da minha garganta sem nunca sair. Por anos, tive vergonha e medo. A primeira língua que falei foi o italiano. Mas todas

---

[142] Caravançarai: lugar, nesse caso não físico, cheio de desordem e confusão. No oriente era a parada em que reuniam-se homens e animais com suas caravanas, imagem que transmite um sentido de confusão, de mistura confusa e heterogênea. [N. A.]

as canções de dormir e musiquinhas eram em somali. Meu pai, às vezes, enfiava entre elas algumas palavras em bravanês.[143] Eu sentia-me muito confusa quando pequena. Mas que linda confusão, eu pulava como um grilo de uma língua para outra e me divertia loucamente ao dizer para minha mãe coisas que os farmacistas não entendiam. Foi lindo, muito lindo, até que comecei na escola e tudo mudou. Lá me diziam: "Vocês não falam, vocês emitem os sons dos macacos. Não dá para entender nada. Vocês são estranhos. São como os gorilas". Na época, eu era pequena e tinha medo dos gorilas, esse animais maravilhosos, pela corpulência deles. Eu não queria ser um gorila. Já havia constatado então que a pele preta não se apagava, eu tinha que ficar com ela. Mas pelo menos poderia trabalhar a língua. Eu tinha quatro ou cinco anos. Eu ainda não era uma africana orgulhosa da sua pele negra. Eu ainda não havia lido Malcolm X. Então, decidi não falar mais somali. Queria integrar-me a todo custo, uniformizar-me com a massa. E a minha massa, naquela época, era toda branca como a neve. Não falar a minha língua-mãe tornou-se a minha forma bizarra de dizer: "Me amem".

Porém, pelo contrário, ninguém me amava.

Hoje, certas mães se queixam da presença de crianças de origem estrangeira nas escolas. Não querem que os filhos frequentem a mesma sala de aula que aquelas crianças. Não querem que sua prole se contamine. Mas se alguém diz que são racistas, elas negam. "Não é racismo. É só que essas crianças atrapalham o rendimento da escola. Queremos o melhor para os nossos filhos, não queremos que sejam uns

---

143 Vide nota 10.

zulus."[144] O melhor, para eles, quer dizer o branco, naturalmente. As mães dos anos de 1980 diziam a mesma coisa a meu respeito. Pensavam que, sendo negra, meu destino era ser burrinha, e todos imaginavam que eu estivesse crivada de piolhos. Uma garotinha até me disse uma vez: "Você tem a pele negra e isso carrega germes e doenças. Mamãe me disse para nunca brincar contigo, senão vou pegar uma doença horrível e morrer". Os pais dos meus colegas de classe estavam contra mim e, consequentemente, também seus filhos. Os garotos mais velhos da escola chamavam-me de Kunta Kinte, como a famosa personagem da minissérie *Radici*, adaptado do célebre romance de Alex Haley.[145] A série estreou na Itália em 8 de setembro de 1978 bem no horário nobre do canal 2 da Rai. Exatamente no começo da minha vida escolar, se me lembro bem. Era fácil, portanto, para os colegas de turma me ligarem às imagens vistas na TV. A pele negra era a mesma. Porém, os jovens não tinham entendido a mensagem do filme, infelizmente. A luta de libertação de Kunta Kinte era mero detalhe. Da mesma forma que a sua epopeia de homem que lutava contra a barbárie da escravidão. Os jovens, e também seus pais, se detiveram na superfície da história. Um homem negro açoitado até sangrar

---

144 Tribo do sul da África. O território zulu tornou-se colônia inglesa em 1887 e foi anexado ao Natal, na República Sul-Africana, em 1994. O adjetivo adquiriu conotação negativa quando, durante o *apartheid*, os zulus eram considerados cidadãos de segunda classe. [N.A.]

145 Kunta Kinte: figura central do romance *Roots: The Saga of an American Family*, do escritor afro-norte-americano Alex Haley (1921-1992), é um garotinho negro do Gâmbia capturado em 1767 pelos traficantes de escravos e levado aos EUA para trabalhar nas plantações de algodão. [N.A.]

por aqueles que tinham lhe roubado a liberdade, era isso o que viam. Não iam além disso. A cor me ligava a Kunta Kinte. Em vez de me dizer: "Que lindo, seu irmão negro é um herói, nós o admiramos", diziam-me "Você é como Kunta Kinte, negra suja, vamos te açoitar. Você nasceu para ser escrava". Eu tinha cinco anos e, toda vez que minha mãe vinha me buscar na escola, eu chorava, sem entender por que tinha que sofrer todas aquelas maldades. Além disso, eu também tinha assistido à minissérie; ser açoitado certamente não era um prazer, os rostos dos atores do seriado expressavam isso com clareza.

Eu não tinha muitos amigos na escola, nem no maternal nem no ensino fundamental. Normalmente, eu ficava sozinha num cantinho comendo meu lanche preparado amorosamente pela minha mãe. Tadinha da minha mamãe, ela não sabia como me ajudar. Para ela, também era difícil viver numa terra estrangeira. Ela até me espiou, certa vez. Queria entender melhor aquele meu choro cotidiano e contínuo. Confessou isso anos mais tarde, quando eu já era crescida. Ela se escondera atrás da mureta da escola para ver se eu estava brincando com as outras crianças. E me viu totalmente sozinha num cantinho. As únicas palavras que as outras crianças me dirigiam eram terríveis, tipo "negra suja". "Sabe Igiaba, quando te vi assim, eu me senti impotente. Eu era tua mãe, uma adulta, mas me sentia sem recursos." Porém, mamãe tinha e ainda tem muitos recursos. Começou a me contar histórias da Somália. Porque, para os nômades somalis, sempre há uma solução escondida numa história. Suas histórias tinham um objetivo: ela queria que eu entendesse que não surgíamos do nada; que por trás da gente havia um país, tradições, toda uma história. Não existiam só os antigos romanos e gauleses, não havia só o *latinorum*[146] e a ágora grega. Havia também o antigo Egito e os coletores de incenso do Reino de Punt, ou seja, da nossa Somália. Havia os reinos de Ashanti e Bambara.[147] Ela queria que eu me sentisse orgulhosa da minha pele negra e da terra que tínhamos deixado para trás por motivos de força maior. Ela me contava dos nossos reinos distantes, das fortes ligações com o Egito, com a Índia, com Portugal, com a Turquia. Ouvindo a mamãe, eu sentia o eflúvio paradisíaco de incenso e *unsi*,[148] cheiros que motivaram a rainha Hatshepsut[149] da décima-oitava dinastia egípcia a ordenar uma expedição à Somália.

Com as suas histórias, minha mãe me livrou do medo que eu tinha de ser uma caricatura viva criada pela cabeça de alguém. Com as suas histórias, ela fez de mim uma pessoa. De alguma forma, ela me pariu novamente. Além dela, a minha professora da escola fun-

---

146 *Latinorum*: palavra nascida de forma popular, usando a desinência do genitivo plural, para indicar o latim, sobretudo quando se quer indicar algo que é incompreensível. [N.A]

147 Dois poderosos reinos africanos. Os ashanti (população africana de Gana) estabeleceram no século XVIII um reino poderoso e independente que acabou conquistado pelos ingleses em 1900. Os bambara (grupo étnico do Mali) estabeleceram um reino no século XVII que chegou ao seu ápice do poder e riqueza entre os anos de 1760 e 1780 até o início da colonização francesa. [N.A]

148 Mistura de incenso e outros perfumes. [N.A.]

149 O reino da rainha Hatshepsut ("a mais nobre") ocorreu no período do esplendor da décima-oitava dinastia egípcia. Durante esse reinado, foi organizada a primeira expedição naval ao Reino de Punt, região rica em mirra, árvores de incenso, âmbar, látex, resinas, marfim e lápis-lázuli. Durante seu domínio (1503 aC–1487 aC), Hatshepsut assumiu as funções de faraó. [N.A.]

damental também teve o seu papel. Era uma senhora bonita, Silvana Tramontozzi. Lembro-me da espuma vaporosa dos seus cabelos brancos e da sua tenacidade de um tempo que já não existe mais. No começo, ela não se entendia bem com minha mãe. Mamãe era tímida e falava um italiano precário. Quando ia às reuniões de pais e mestres, limitava-se a perguntar o mínimo indispensável e depois ia embora de fininho. Era um grande estresse para ela enfrentar todos aqueles pais que a tratavam como uma figura de circo só porque ela usava o véu islâmico. Toda vez que voltava dessas reuniões, ela tinha um olhar cansado e aflito. Um pouco também por culpa minha. Eu não era uma aluna muito brilhante nos primeiros anos da escola fundamental. Eu até que sabia muita coisa. A tabuada do nove, a capital da Costa do Marfim, os afluentes do rio Pó, a poesia *L'assiulo*[150] de Giovanni Pascoli e quem tinham sido os últimos cinco presidentes dos EUA. Mas tudo isso não encontrava vazão na escola. Eu era mais muda do que os peixes que nadavam no fundo do mar. Não saía nem meia palavra da minha boca. Eu não respondia nem às perguntas diretas da professora. Tinha muito medo. Por causa de toda aquela massa de impropérios que eu escutava todos os dias. Minha cabecinha daquela época achava que, se abrisse a boca, por menos que fosse, iria levar porrada de todos os lados. Assim, eu começava a vaguear com a mente durante as aulas, sonhando com um mundo diferente no qual eu também, com a minha pele negra, teria muitos amigos. Eu era a clássica garotinha com a cabeça nas nuvens. Às vezes, eu es-

---

150 "L'assiulo", poema de Giovanni Pascoli (1855-1912), incluído na coletânea *Myricæ* publicada entre 1891 e 1911. [N.A.]

palhava os meus cadernos pela classe. Sonhava em fugir daquela escola que me torturava. Minha mãe voltava aflita daquelas reuniões. A professora dizia que Marco era o melhor, que Vincenzo era extrovertido, que Valeria sabia fazer bem as contas, que Silvia era a melhor leitora. De mim, dizia: "A pobre coitada está com a cabeça nas nuvens". E os outros pais, aos poucos, talvez estivessem se convencendo de que eu fosse retardada e que talvez todos os negros fossem assim. Depois, certa noite, minha mãe me perguntou: "Igi, meu amor, mas o que está acontecendo contigo? Por que você não responde quando a professora lhe faz perguntas?". Eu não sabia bem o que dizer dizer. Mas fiz um esforço e respondi: "Porque eles me batem". E até certo ponto era verdade. Às vezes, especialmente na hora do recreio, alguns alunos me davam uns tapas que doíam para caramba e, uma vez, algumas garotas haviam me dado uns socos. Um na cabeça o outro no olho. Eu contei para mamãe que tinha caído.

Minha mãe foi reclamar com a professora. Explicou que eu era uma boa garotinha, estudiosa e que era o medo que travava a minha língua. Acho que a professora nunca havia se deparado antes com um caso como o meu. Acho que ela deve ter pensado um pouco a respeito. Só sei que ela mudou radicalmente o trato comigo na escola. Lembro-me de que um dia ela me chamou para perto de si e me contou que numa das gavetas havia muitas histórias mágicas escondidas. Só que, para pegá-las, eu teria que prometer que lhe daria de presente uma palavra a mais durante as aulas. Eu amava a leitura, então aquele armarinho estava cheio de guloseimas para alguém como eu. Havia submarinos, tapetes voadores, deuses da mitologia, princesas com jubas de fogo, cavalheiros com corcéis invisíveis, garotinhas que inventavam maravilhas, pequenos magos bobos e fadas desastradas. Eu morria de vontade de conhecê-los de perto. Naquela época, eu só encontrava amigos nos livros. Prometi à professora todas as palavras do mundo. E aos poucos, com uma história atrás da outra, a minha língua foi se soltando, tanto que passei de muda a tagarela em sala de aula. Além disso, a professora me incentivava a contar, nas redações, a respeito da Somália e das minhas origens. Eu precisava explicar como é que as pessoas viviam lá, os nossos rituais, as nossas cores intensas. Meus coleguinhas ficaram todos boquiabertos. Eu fazia mais sucesso do que o mago Zurlì.[151] Aos poucos, comecei a ter amigos e a ser glamurosa. Foi graças àquela professora que consegui entender, pela primeira vez, que as palavras têm uma força incrível e quem fala bem (ou escreve bem) tem mais chances de não ficar sozinho. A professora também ajudou muito à mamãe. Falou dela no conselho dos pais, foi de certa forma a pessoa que lhe abriu algumas portas e encontrou para ela boas conhecidas entre as outras mães. Como que num passe de mágica, já não éramos mais uma fenômeno de circo, mas sim pessoas como outras quaisquer.

De alguma forma, a professora Tramontozzi fez um trabalho de mediação cultural *ante litteram*.

E eu não brinco quando digo que minha professora do ensino fundamental, aquela senhora com os vaporosos cabelos brancos, salvou a minha vida.
Mas foi somente quando eu voltei para Somália que comecei a usar novamente minha língua materna. Em poucos meses, comecei a falar muito bem o somali.

---

[151] Personagem da televisão italiana criado e interpretado por Gino Tortorella (que também idealizou o show de calouros *Zecchino d'Oro*).

Agora, posso dizer que tenho duas línguas-mãe que me amam na mesma medida. Graças à palavra, sou hoje o que sou.

Hoje, já adulta, vivo em Torpignattara, numa Roma que faz fronteira com Pequim e Daca.

É uma Roma inaudita que nem mesmo eu, uma afro-italiana acostumada desde os primórdios a morar na região norte de Roma, conheço de verdade. De manhã, cumprimento todos com *ni hao* (bom dia) e à noite me despeço com um *scubo ratri* (boa noite). Sei como ser gentil pedindo às pessoas *Tu mi kemon a ciò* (como está?), mas quando necessário também sei dizer *Pagol* (louco), palavrinha bem útil quando alguém está enchendo o saco.

É uma Roma que ninguém espera. Uma Roma que encarna a globalização. O território que vai da ferrovia Roma–Pescara até a via Casilina recolhe em si universos inteiros e, às vezes, a gente sequer entende como isso pode ser possível. Na primeira vez que veio da Inglaterra me visitar, meu irmão disse "Mas Igi, você mora na Ásia, sabia?". Disse aquilo assim, com um tom de surpresa. Era tão engraçada a expressão em seu rosto. Ele se deparara, poucos minutos antes, com um grupo de garotos italianos e cingaleses ocupados num jogo de críquete. Ele achava impossível que na pátria do futebol, na pátria de Gigi Riva e Gianni Rivera,[152]

---

[152] Gianni Rivera (1943–) é um dos maiores jogadores de todos os tempos do futebol italiano, escolhido o melhor jogador do mundo em 1969 com a premiação da Bola de Ouro. Por sua vez, Luigi Riva (1944–) é considerado um dos maiores atacantes na história do futebol da Itália, permanecendo ainda como o maior artilheiro da seleção italiana, com 35 gols marcados em 42 partidas. Seus chutes de canhota eram devastadores e ficaram conhecidos como *rombo di tuono* ("ronco do trovão"). [N. T.]

houvessem adentrado os bastões quadrados do críquete. Respondi, sorrindo. "Viver na Ásia", disse "tem as suas vantagens". Os bastões de críquete e os saris não são nada mais do que o sinal de um futuro que não só virá como já está aqui há algum tempo. Uma futura Babel que levo comigo desde sempre.

De certa forma, a Itália também é Babel. Por aqui passaram todos, árabes, normandos, franceses, austríacos. Passou Aníbal, o general africano, com os seus elefantes. "É por isso que muitos italianos têm a pele escura", cantavam os Almamegretta, "eis porque muitos italianos têm cabelos escuros. Um pouco do sangue do Aníbal ficou nas veias de todos". Se pensarmos bem, ser italiano significa ser parte de uma fritura mista. Uma fritura feita de misturas e contaminações. Nessa fritura, eu me sinto uma lula bem temperada.

O que significa para mim ser italiano... Uma pergunta que batia como um andarilho desconhecido na porta de casa: tentei escrever uma resposta. Para mim, ser italiano...

Uma resposta de poucas linhas, alguns segundos para digitar. Nada vinha-me à mente.

Eu não tinha uma única resposta. Tinha mais de cem.

Sou italiana, mas também não sou. Sou somali, mas também não sou.

Um cruzamento. Uma saída.

Uma confusão. Uma dor de cabeça.

Eu era um animal numa arapuca.

Um ser condenado à angústia perene.

Ser italiano para mim...

Depois, lembrei-me de um conto da Karen Blixen.

Tinha lido-o quando era adolescente, na biblioteca.

Fiquei impressionada com o título "Primeiro conto do cardeal".[153] Lembro-me que uma senhora perguntava ao cardeal: "Mas quem é você?" e ele retrucava: "Vou responder com uma regra clássica: contando uma história".

Era essa a chave.
Era inútil tentar preencher todas as reticências das definições.
Era uma batalha perdida de início.
Aqueles pontinhos iriam nos perseguir a vida inteira.
Era melhor fazer como o cardeal: tentar contar o percurso feito até aquele momento; e talvez os percursos que sentimos realmente como próximos da gente.

Tentei contar aqui, em pedaços, a minha história. Os meus percursos. Pedaços porque a memória é seletiva. Pedaços porque a memória é como um espelho despedaçado. Não podemos (nem devemos) colá-los. Não precisamos ser a cópia passada a limpo, arrumadinhos, limpos de qualquer imperfeição. A memória é um rabisco.

Concentrei-me nos primeiros vinte anos da minha vida porque foram os vinte anos que me prepararam para o caos somali, um caos que me revirou desde que eu era criancinha e que ainda hoje me revira por

---

153 "Kardinalens første historie", primeiro capítulo do romance *Albondocani,* parcialmente concluído por Karen Blixen e incluído como primeira parte de sua importante coletânea *Sidste Fortællinger* (Últimos contos), publicado em 1957 na Dinamarca. [N.T.]

inteira. Mas foram também vinte anos nos quais a Itália mudou como nunca. De um país de emigrantes a um país destino de imigrantes, de TV pública para TV comercial, de política para antipolítica, do emprego fixo ao ser prestador de serviço. Eu sou fruto desse caos entrelaçado.

E o meu mapa é o espelho daqueles anos de mudanças.

Não é um mapa coerente. É centro, mas também é periferia. É Roma, mas também é Mogadíscio.

É Igiaba, mas também é você.

Agradecimentos

Em somali, "obrigada" se diz *mahadsanid*.

Eu deveria dizer essa palavra a tantas pessoas que me apoiaram nesse período.

Mahadsanid à minha família. Papai Ali, mamãe Kadija, mamãe Xalima (tia a quem também chamo de mãe), Zahra, Abdul, Mohamed, Sofia, Ambra, Andrea, Mohamed Deq, Soraya.

Mahadsanid àquela parte da família que eu não tive tempo de conhecer. Obrigada, vovô. Obrigada, tio Osman. Vocês são a seiva das minhas histórias, a casca dos meus afetos.

Mahadsanid a Maria Cristina Olati, que me apoiou, financiou, mimou, puxou minhas orelhas e deu umas broncas bem dadas. Maria Cristina não é apenas uma grande editora, é também uma grande mulher.

Mahadsanid ao Dr. Ahmed Sabrie, sem o qual eu não teria escrito sequer uma linha. Ele me curou e me encheu de confiança. Obrigada, doutor.

Mahadsanid a Concita De Gregorio, que acreditou em mim num momento em que eu vacilava perigosamente. Escrever para o jornal *L'Unità* me trouxe uma enorme força e me fez conhecer pessoas que, como eu, desejam uma Itália melhor. Obrigada, Concita, obrigada, obrigada.

Mahadsanid a Bianca Lazzaro, essa mulher incrível que me ensinou a refletir sobre a escrita. Em cada livro, carrego a sua lição.

Mahadsanid a Erika Manoni, a Saba Anglana, a Giusy Muzzopappa, a Matteo, a Asha Sabrie, a Ascanio Celestini, a Rosa Jijon, a Caterina Romeo, a Barbara de Vivo, a Alessandra Di Maio, a Speranza Casillo, a Aly Baba

Faye, a Franny Thiery, a Sandro Triulzi, a Paola Splendore, a Tana Anglana, a Dagmawi Ymer, a Francesca Bellino, a Raffaella Hager Tewolde, a Marco Orsini, a Queenia Pereira de Oliveira, a Isabella Ferretti, a Taiyo Hyst Yamanouchi, a Adil Maur Chiara Nielsen e a toda a redação da revista *Internazionale*, a Barbara Piccolo e a Barbara Kenny da Livraria Tuba. Obrigada por estarem ao meu lado: sei que entediei vocês com os meus dilemas hamletianos de escritora, obrigada pela escuta e pelo amor. Vocês são fantásticos. Quero agradecer especialmente a Marco Orsini/M'ors por uma frase que peguei emprestada da sua canção "Anima nera", que é perfeita para descrever a rainha de Sabá.

Mahadsanid a todas as leitoras e a todos os leitores: são vocês que me dão sentido.

Mahadsanid à Somália, onde quer que esteja.

Aad iyo aad baad u mahadsantihiin.

Muito, muito obrigada.

© Editora Nós, 2018
© Igiaba Scego, 2010

Direção editorial SIMONE PAULINO
Projeto gráfico BLOCO GRÁFICO
Assistentes de design LAIS IKOMA, STEPHANIE Y. SHU
Assistente editorial JOYCE PEREIRA
Preparação BRUNA PARONI
Revisão LUISA TIEPPO, JORGE RIBEIRO

Edição publicada em acordo com a Piergiorgio
Nicolazzini Literary Agency (PNLA)

Foto da autora: © Simona Filippini, 2015

1ª reimpressão, 2023

Dados Internacionais de Catalogação na Publicação (CIP)
de acordo com ISBD

S289a
Scego, Igiaba
   Minha casa é onde estou: Igiaba Scego
   Tradução: Francesca Cricelli
   São Paulo: Editora Nós, 2018.
   160 pp.

ISBN 978-85-69020-33-2

1. Literatura italiana. I. Cricelli, Francesca. II. Título.

2018-823 / CDD 850 / CDU 821.131.1

Índices para catálogo sistemático:
1. Literatura italiana 850
2. Literatura italiana 821.131.1

Todos os direitos desta edição reservados à Editora Nós
Rua Purpurina, 198, cj 21
Vila Madalena, São Paulo, SP CEP 05435-030
www.editoranos.com.br

Fonte STANLEY
Papel POLÉN BOLD 70 G/M^2
Impressão SANTA MARTA